王珍娜 著

# 镜与灯
## 乌拉圭文学 名家名作赏析

上海社会科学院出版社
SHANGHAI ACADEMY OF SOCIAL SCIENCES PRESS

# 序言

　　乌拉圭,这片被拉普拉塔河温柔拥抱的土地,以不足400万人口的体量,在拉丁美洲文学的星空中迸发出灼灼辉光。它的文学传统如一面棱镜,折射出殖民的创伤、独裁的压抑、流亡的乡愁及永恒的抵抗精神。从殖民时期的探险日志到当代文学的多元实验,乌拉圭作家在历史中刻写下民族的记忆与人类的共相。

　　乌拉圭文学的嬗变轨迹跨越400年,串联起殖民时期的编年史、浪漫主义的史诗、现代主义的哲思、"四五一代"的抵抗与当代作家的多元探索。殖民时期的编年史,虽裹挟着欧洲中心主义的傲慢,却成为土著文化与外来霸权碰撞的原始证词;浪漫主义的浪潮中,胡安·索里亚·德·圣马丁的史诗《塔巴雷》以印第安爱情的悲剧,叩问民族身份的血脉根源;现代主义的暗流下,何塞·恩里克·罗多借《爱丽儿》的哲思,为拉美精神抵御物质主义侵蚀筑起思想的堡垒;"四五一代"在独裁阴云中裂变,胡安·卡洛斯·奥内蒂笔下阴郁的"圣玛利亚城"与马里奥·贝内德蒂的流亡诗篇,共同织就一张抵抗与反思的文学之网;而当代作家如爱德华多·加莱亚诺,则以《火的记忆》重写被遮蔽的历史,让边缘者的呐喊穿透时空的壁垒。

乌拉圭文学的独特性，在于其"小国大文学"的悖论。它既是地域的——扎根于潘帕斯草原的苍茫与蒙得维的亚街巷的阴郁，又是超验的——克里斯蒂娜·佩里·罗西的性别颠覆叙事，将本土经验升华为人类存在的隐喻。这种张力贯穿始终：弗洛伦西奥·桑切斯的戏剧以自然主义的笔触撕开阶级裂痕，伊达·维塔莱的诗歌却以冰晶般的语言凝固时间的流逝；奥拉西奥·基罗加的丛林故事弥漫死亡的气息，他的儿童文学却为拉美童年注入魔幻的纯真。

　　若说乌拉圭文学有何内核，或许是"矛盾的共生"。它同时拥抱高乔文化的野性、欧洲先锋派的冷峻，以及拉美"文学爆炸"的炽烈。在独裁年代，作家以晦涩的隐喻对抗审查；在全球化时代，他们又以移民叙事解构国界的虚妄。这种文学不仅是历史的镜子，更是未来的明灯——正如加莱亚诺所写："记忆不是怀旧，而是对可能性的执着。"今日，当算法试图将文学简化为数据，乌拉圭作家提醒我们：语言仍是最后的避难所。

　　最后，特别感谢胡珂铭、张紫微两位同学在本书资料搜集、整理、编写过程中付出的努力。

# 目录

| | |
|---|---|
| 1 | 序言 |
| 1 | 乌拉圭文学概述 |
| 15 | 拉丁美洲的易卜生<br>——弗洛伦西奥·桑切斯 |
| 29 | 时代的敲钟人<br>——何塞·恩里克·罗多 |
| 47 | 短篇小说之王<br>——奥拉西奥·基罗加 |
| 69 | 魔幻现实主义大师<br>——胡安·卡洛斯·奥内蒂 |
| 89 | 社会现实的批判者<br>——马里奥·贝内德蒂 |
| 117 | 拉丁美洲的良心<br>——爱德华多·加莱亚诺 |
| 139 | 最年长的塞万提斯奖得主<br>——伊达·维塔莱 |
| 157 | 多种身份的叛逆者<br>——克里斯蒂娜·佩里·罗西 |

# 乌拉圭文学概述

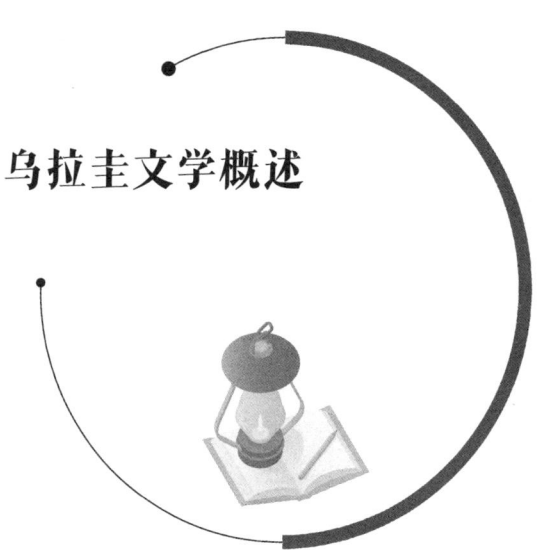

乌拉圭地处南美洲的东南角,是一个只有300多万人口的小国,然而这样一个国家,却拥有着丰富的文化底蕴和独特的文学魅力,更不乏在群星闪耀的拉丁美洲文学中享有盛名的文学大师。

弗洛伦西奥·桑切斯,被称为"拉丁美洲的易卜生",他继承了高乔戏剧的传统并加以创新,表现了强烈的戏剧冲突又不失精致细腻,虽然35岁就去世了,但是留下了《我的博士儿子》《外国姑娘》等深具社会意义和时代意义的作品;"拉丁美洲现代小说的创始人"胡安·卡洛斯·奥内蒂,被认为是拉丁美洲第一个用幻想和虚构手段探求人类内心世界的作家,秘鲁诺贝尔奖得主马里奥·巴尔加斯·略萨把奥内蒂的第一部长篇小说《井》的发表定义为拉美"文学大爆炸"的源头;奥拉西奥·基罗加,一生命途多舛,亲历了父亲、继父、好友、妻子的非正常死亡,以死亡、恐惧和谋杀作为题材,创作了经典短篇小说集《爱情、疯狂和死亡故事》,但以死亡恐怖小说为专长的基罗加同时是拉美儿童文学的先驱,《丛林来信》和《大森林的故事》成为千千万万拉美儿童美丽的童年记忆;马里奥·贝内德蒂,是乌拉圭"四五一代"的中坚人物,他敢于挑战当时的文学传统并探索新的表现形式,12年的流亡生涯使得他对存在、死亡、身份认同有着深刻的理解;爱德华多·加莱亚诺,31岁时凭借《拉丁美洲被切开的血管》一举成名,讲述了新旧殖民主义对这片古老大地的掠夺和剥削历史，并终其一生始终为弱者发声，讲述边缘群体、边缘国家被所谓文明进步美化的真实历史，他有一个更为人知的称号——"拉丁美洲的良心"；女诗人伊达·维塔莱，是最年长的塞万提斯奖[①]得主，93岁高龄仍跨越大西洋接受西班牙国王的颁奖并发表了题为"语言、写作和自由"的精彩演讲，她的诗歌精致独特、隐喻深刻，饱含内省和忧郁的情感……

这些乌拉圭的文学大师以其独特的声音和视角，探讨身份认知、社会斗争、自我反思及爱情、人生、痛苦等人类社会中的普遍主题。乌拉圭文学涵盖了广泛的流派和风格，从独特和真实视角探讨人类经验，反映了乌拉圭乃至拉美地区的文化、社会和政治复杂性，其丰富性和多样性在西班牙语文学中留下了独特的印记。同时乌拉圭文学也受到丰富的文化历史和重要政治社会时期的塑造，自殖民时期的最早文学表现直至乌拉圭的当代文学，都反映了国家认同、社会环境以及在国际文学舞台上追求独特声音的探索，可以说在全球文学领域中，乌拉圭文学仍然是一个有待深入挖掘和研究的精神宝库。

## 殖民时期（17—19世纪）

在殖民时期，乌拉圭的文学主要在旅行者和探险家的记事中表现，为其萌芽的文学传统奠定了基础。尽管这个时期的文

---

① 塞万提斯奖设立于1976年，是西班牙语文学的最高荣誉，被认为是"西语世界的诺贝尔文学奖"，旨在表彰为西班牙语文学做出卓越贡献的西班牙语作家，该奖项每年底评出获奖者得主，次年4月23日，即在塞万提斯的逝世纪念日举行授予仪式，授予仪式每年在塞万提斯的故乡阿尔卡拉大学的礼堂举行，由西班牙国王亲自主持。

学作品受到欧洲霸权及其观点的影响,但它种下了一颗为这片土地上多重身份和现实发声的叙事种子,为理解该国文学的出现和演变提供了重要的背景。

与拉美同时期的大多数国家一样,在乌拉圭,文化冲突是殖民时期的核心问题,外来的欧洲文化与先前的土著文化相互交织,产生了巨大的文化张力,但也形成了独特的文化融合。这种融合反映在早期的殖民文学中,叙事将土著神话与"新世界"的欧洲视角融汇在一起。

欧洲编年史学家和旅行者在殖民时期的文学创作中扮演着至关重要的角色。他们的叙述虽然往往受到欧洲中心主义的影响甚至是财富的驱使,但为这片土地上生活的首次文学书写开创了先河。这些著作从地理描述到与当地人的接触,为日后叙述殖民历史提供了宝贵的文本资料。领土和身份的争夺也在乌拉圭殖民文学中留下了印记,殖民者与土著之间的冲突以及欧洲列强对土地控制的纷争,都反映在当时的叙述和编年史中。尽管这些著作常被用作殖民合法化的工具,但它们确实塑造了那个时代的叙事和这些土著居民之间的关系。

这一时期的作者并不多,但有一些在乌拉圭文学史上还是产生了比较重要的影响,费利西亚诺·德·席尔瓦(Feliciano de Silva)就是其中的一位开拓者。他的作品《乌拉圭省和拉普拉塔河的描述》是对拉普拉塔河的征服和探索的纪实,被认为是该地区最早的文学记录之一,详细描述了当时的地理、土著民族和殖民者的经历。另一位是贝尔纳迪诺·德·埃斯卡兰特(Bernardino de Escalante),他是一位殖民官员,担任乌拉圭省副省长,《贝尔纳迪诺·德·埃斯卡兰特的评论,从1716年至1737年在乌拉圭省担任陛下副省长的评论》,被认为是理解当时该地区政治和行政的重要历史资料,评论重点描述了该地区政治和行政方面的细节,详细展示了他在任期内该领土上的生活情况。这部作品被认为是一部纪实文学,涵盖管理、法律、社会冲突以及该省在埃斯卡兰特就任期间的其他重要事件。作为历史资料,对理解殖民时期乌拉圭省的政治和行政结构、风土民情以及殖民者和土著之间的关系和冲突提供了宝贵的信息。

这些开拓者作家通过记录和叙述地理环境、历史事件和评述观点,奠定了乌拉圭文学的基础。尽管他们的作品数量不多,也没有像后来时期那样关注艺术表达,但它们对于理解乌拉圭文学的初期萌芽至关重要。

## 浪漫主义文学(19世纪)

19世纪初,在整个拉美,独立运动的浪潮风起云涌,从北边的墨西哥到南边的阿根廷,在这片古老的土地上,独立运动呈燎原之势,19世纪初的乌拉圭也处在拉丁美洲的独立进程中。经过长时间的斗争,在民族英雄何塞·赫瓦西奥·阿蒂加斯的带领下,乌拉圭于1828年摆脱了西班牙的统治,取得了伟大的胜利,独立后的乌拉圭,在不断寻求自身身份认同和政治稳定。这一时期充满了内部冲突和权力斗争,1839年,乌拉圭爆发了内战,这场内战持续了11年之久,深刻影响了乌拉圭社会,战争耗尽了国家资源,导致了贫穷和不稳定。内战期间,乌拉圭分裂为两个对立的派别——阿蒂加斯派和布兰科派,两个敌对派别的长期斗争,导致国家陷入持续的冲突和动荡。

欧洲的浪漫主义思想在动荡的乌拉圭社会找到共鸣,浪漫主义在动荡的背景下不断发展,对自由精神、民族独特性和个人情感进行探索。同时浪漫主义也为乌拉圭文学的蓬勃发展提供了土壤,它成为身份反思、传统传承、历史斗争以及构建新兴国家价值观的媒介。19世纪40年代,政府颁布了各项移民政策,人口也从1830年的7万人上升到1900年的100万人,从西班牙、法国、瑞士、希腊等国家流入大量移民,而移民也带来重要的政治、经济、社会和文化问题,民族认同和国家身份也是文学领域的重要话题。

19世纪乌拉圭浪漫主义文学作品扎根于1828年独立后对国家认同的追求,作家们热情拥抱了乌拉圭丰富多彩的大自然,歌颂美丽的风景和丰富的历史。在这个追求爱国热情和国家认同的时代,出现了一些杰出的作家。胡安·索里亚·德·圣马丁(Juan Zorrilla de San Martín),是乌拉圭浪漫主义文学的重要支柱之一,他的史诗《塔巴雷》呈现了印第安文化以及土著和殖民者之间的关系,探讨了爱情、悲剧以及为自由而战的主题。

胡安·索里亚·德·圣马丁,1855年生于蒙得维的亚,在年轻时就展现出了诗歌和写作才华。他的作品中深情流露着对乌拉圭的热爱。《塔巴雷》于1886年出版,是圣马丁最知名的作品,讲述了拉普拉塔河地区在西班牙征服时期,年轻印第安人塔巴雷与西班牙女子布兰卡的爱情故事。《塔巴雷》将土著口头传统文学元素与浪漫主义相融合,创造出一部史诗般的叙事,讲述了自然与文明之间的斗争。《塔巴雷》不仅仅是一部爱情故事,圣马丁利用这个情节对更广泛的主题进行了探索,如民族认同、文化冲突以及征服的悲剧。作品捕捉了乌拉圭的自然景观以及土著文化与欧洲影响之间的抗衡,提出了关于人性和纯真丧失的问题,因其诗意的美丽、恢宏的叙事和对乌拉圭身份认同的思考而受到赞誉,这部作品是乌拉圭文化丰富性和历史复杂性的见证。

乌拉圭诗歌、散文和戏剧也在19世纪得到发展,胡安·玛丽亚·古铁雷斯(Juan María Gutierrez)和胡安·卡洛斯·戈麦斯(Juan Carlos Gómez)都是杰出的抒情诗人,何塞·佩德罗·瓦雷拉(José Pedro Varela)通过散文探讨了乌拉圭的教育和社会问题。在戏剧领域,有一个剧作家值得一提,他就是弗洛伦西奥·桑切斯(Florencio Sánchez),被称为"拉丁美洲的易卜生",为拉丁美洲的戏剧留下了重要的遗产,他的作品至今仍被演出和研究,被认为是乌拉圭和拉丁美洲文学史上的重要人物。弗洛伦西奥·桑切斯1875年出生于蒙得维的亚,他的一生似乎一直面临一系列经济危机和个人困难。他在多家报社和杂志社担任记者,使他能够近距离了解当时的社会现实,并将其体现在他的戏剧作品中。他的写作深受自然主义和现实主义的影响,反映了20世纪初乌拉圭和拉丁美洲社会的问题和冲突,社会批判、阶级斗争、政治腐败、不公正和不平等是他作品中经常出现的主题。桑切斯擅长刻画逼真而复杂的人物,生动感人地捕捉社会冲突。1903年,他的首部反映新旧时代道德标准之间矛盾的戏剧《我的博士儿子》在布宜诺斯艾利斯首演并一举成名,桑切斯以剧作家的身份跻身拉美文坛。此后他陆续创作了20余部优秀的剧本:《报童》通过一个报纸小贩的故事,反映了社会工人的真实处境;《江河日下》揭示了阶级斗争和权势者对弱势群体的压迫,而《外国姑娘》则讲述了一个移民与一个富有女子之间的爱情故事,展现了社会和文化的差异。

19世纪是乌拉圭文学的繁荣时期,作家们探讨了身份、民族主义和拉美与欧洲之间的关系。这些作品为乌拉圭文化认同的建构奠定了基础,留下了多样而重要的文学遗产,至今仍然具有持久的影响力。

## 现代主义与先锋派文学(19世纪末—20世纪中叶)

19世纪末20世纪初,浪漫主义逐渐让位给现代主义,反独裁、追求自由和对拉美自然风光的歌颂转而向强调个人情感、表现低落颓废及对异国情调的向往。

乌拉圭的现代主义既受到了欧洲文学潮流的影响,也受到拉美本土国家如墨西哥、阿根廷和哥伦比亚等现代主义的影响,同时还吸收了当时的哲学、科学和社会思潮,如实证主义、达尔文主义、象征主义和帕尔纳斯主义等。现代主义作家在文体和文学风格上追求美和独创性,他们使用更加华丽的语言和更具音乐感及感官性的诗歌,强调探索新的韵律形式,并运用象征和隐喻,同时探索个人主观性和敏感性,通过更加深入的内心写作表达情感和心境。

胡利奥·埃雷拉·伊·雷西格(Julio Herrera y Reissig)是乌拉圭现代主义的最重要代表之一。他出生在一个资产阶级家庭,是乌拉圭总统胡利奥·埃雷拉·奥维斯的侄子,虽然诗人生活富裕，但他从小体弱多病、性格内向、蔑视家族，也不屑与权力和金钱为伍，他对现实感到绝望，只愿意藏身在诗歌中。他打破传统诗歌结构，尝试新的诗歌形式，他的诗歌探讨了爱情、文明等主题，挑战了当时社会的传统观念。他也受到欧洲象征主义的影响，在诗歌中加入象征和梦幻元素，以表达情感、抽象思想。《花园的黄昏》是他最具代表性的作品之一，"爱那永无止境的渴望，泉水的梦境，水的喧嚣，冲击和和谐，爱那在忧郁的甜美雕像额头上那秘密花香的馨香"，展示了他将感官、象征和情感融合在诗歌中的高超技艺。虽然雷西格 35 岁就去世了，但他对现代主义文学的影响以及他对诗歌表达和突破性的追求，使他成为乌拉圭和拉美现代主义和先锋诗歌的关键人物。

另一位杰出的作家是何塞·恩里克·罗多（José Enrique Rodó），他主张在现代世界物质主义和实用主义的影响下，保留拉丁美洲的精神和道德本质。他的散文作品《爱丽儿》是乌拉圭文学和思想领域的一个里程碑，它也超越了国界，对整个拉丁美洲的身份认同以及欧洲文化对该地区的影响进行了深入的思考。具有敏锐洞察力的罗多指出了刚刚摆脱殖民势力的新兴拉丁美洲，在社会变革和紧张的背景下，有必要思考身份认同的问题，他对拉丁美洲理想主义的愿景影响了后来的众多拉美作家和思想家。

罗多借助莎士比亚《暴风雨》中的角色爱丽儿和卡里班的隐喻代表相互对立的理念，爱丽儿象征着对美丽、高贵和对理想主义的追求，而卡里班则象征着实用主义和唯物主义。罗多探讨了欧洲文化与拉丁美洲独特身份认同之间的关系，质疑外来唯物主义对该地区的影响,作为保留精神和道德本质的基本要素,强调人文教育和道德发展的重要性。《爱丽儿》不仅是一部文学作品,更是对在一个日益被物质和功利所主导的世界中保留人文价值的呼唤,它的影响在拉丁美洲身份认同和传统与现代共存的讨论中持续存在。

乌拉圭的现代主义为新文学流派的发展奠定了基础,尽管它不是广泛或大规模的文学运动,但在乌拉圭文学中引入了新的表达形式和文体风格,现代主义的敏感性、美学探索影响了乌拉圭文学的演变,并与后来的文学运动相连,持续构建了乌拉圭文学创作的原创性空间。

## "四五一代"

1940—1945年在乌拉圭的文坛上兴起了一个新的文学流派,被称为"四五一代",它的兴起受到了当时历史和社会背景的深刻影响。20世纪中期,乌拉圭经历了由政治分歧和左右翼势力斗争引发的政治动荡,同时面临贫困问题和经济发展的不稳定,这样的政治氛围和经济环境激发了作家们对社会现实和社会底层人民生活的关注。1945年第二次世界大战结束了,世界开始进入战后重建时期,全球政治、经济和社会开始发生深刻变革。在乌拉圭,城市化和社会变革也开始推进,城市不断扩张,工业化加速,这些全球事件和国内局势的变化让作家们反思政治斗争和个人定位。1973年,乌拉圭进入10年的军事独裁统治时期,紧张和镇压的社会氛围也影响了"四五一代"作家的社会意识,他们尝试寻找乌拉圭独特文化和文学身份,试图在他们的作品中反映乌拉圭现实并发出一个真实声音。"四五一代"的作家们试图打破既定的文学惯例,探索新的表达形式,并通过他们的文学,质疑社会政治现实。

作家们以创新的方式探索语言、结构和主题,这种实验性表现在诗歌、叙事和散文中,打破了传统趋势。尽管文学审美追求至关重要,"四五一代"作家也展现出对当时社会和政治现实的强烈责任感,他们的作品反映了对社会问题、不公平和对既定社会结构的质疑。在独裁统治期间,因为不能苟同当局的专制统治,不少该流派的作家都经历了漫长的流亡生活。胡安·卡洛斯·奥内蒂(Juan Carlos Onetti)、马里奥·贝内德蒂(Mario Benedetti)、伊迪娅·维拉里尼奥(Idea Vilariño)和伊达·维塔莱(Ida Vitale)等,都是"四五一代"的重要成员。胡安·卡洛斯·奥内蒂开创了拉美城市小说的先河,其作品聚焦于都市中苟且生存的下层人民,探索命运的坎坷和人的孤独;马里奥·贝内德蒂用他的诗歌、散文和小说,讲述着关于爱情、流亡、政治和都市生活的交织;伊达·维塔莱,则以其内省、清晰和精练的诗歌,探讨了身份、时间流逝和人性的复杂。"四五一代"对乌拉圭和拉丁美洲的文学产生了深远的影响。他们对原创性的追求、文学实验以及对社会和政治现实的责任感塑造了这一文学流派的文学身份。

## 乌拉圭当代文学

乌拉圭当代文学以多元化的声音和视角,从探讨国家身份、历史到移民、全球化、边缘化、当前社会复杂性、个体经验以及与自然和环境的关系,涵盖了广泛的主题。当代作家也试图尝试多样化的文学风格,探索实验性技巧、非传统叙事结构和创新性语言来叙述他们的故事。乌拉圭当代文学也着重于展现多元化的身份和探索国家社会现实,作家们常常深入研究边缘群体、少数族裔、移民和具有不同社会经历的人群。虽然乌拉圭政治稳定,还被称为"南美瑞士",许多乌拉圭当代作家仍然坚持反思国家历史,尤其是对过去的独裁统治历史进行批判,并将这种历史反思与对国家现在和未来的展望相结合,对当今社会和政治问题表现出强烈的关注和承诺,许多作品表达了对当下社会的批评和思考,试图唤起读者的自我意识和深入思考。

爱德华多·加莱亚诺(Eduardo Galeano)、马里奥·莱弗雷罗(Mario Levrero)、克里斯蒂娜·佩里·罗西(Cristina Peri Rossi)等,是乌拉圭当代文学的代表性人物,他们对乌拉圭当代散文和诗歌的丰富性和多样性做出了重要贡献。爱德华多·加莱亚诺是一位作家、记者和社会思想家,他的作品涵盖了拉丁美洲的历史、政治和纪实,他的批判性视角和对社会与政治现实的揭露使他成为具有国际影响力的重要人物。加莱亚诺是一位投身社会并具远见的作家,他通过《拉丁美洲被切开的血管》揭示了拉丁美洲被剥削和被压榨的历史,站在弱者的角度,发出了"发展是罹难者多于行者的航程"的呼声,成为社会批评中不可或缺的声音。他坚定、清晰、充满激情的散文使他在国际上被认为是致力于社会公正和人权的知识分子。除了他的文学贡献,他在社会和政治领域也留下了不可磨灭的痕迹,甚至许多拉美领导人都表示其执政思想受到加莱亚诺的影响。马里奥·莱弗雷罗是一个涉足不同文学流派的多才多艺的作家，通过独特的现实与虚构结合叙事，他探索了人类心灵最黑暗的角落，《城市》《明亮的小说》《地方》等作品展现了他内省的风格和多变的特点。克里斯蒂娜·佩里·罗西，是2021年塞万提斯奖得主，以其创新和具有张力的叙述而备受认可，佩里·罗西在她的作品，如《疯人船》《爱是一种强烈的毒品》《爱的孤独者》等中展开了对身份、情欲、政治和社会等主题的探索，她挑战社会和文学规范，大胆的叙事为文学中性别角色和欲望表达的重新审视提供了可能。

乌拉圭文学经历了丰富而复杂的演变，不断适应并回应着社会、政治和文化的变化。从殖民时代开始，乌拉圭的叙事和诗歌中就反映出对民族身份和自身独特声音的持续追求。在不同的历史阶段，各种影响融合交汇，并与地方现实相结合，塑造了乌拉圭的文学格局。在独裁统治时期，乌拉圭文学成为抵抗和揭露黑暗社会现实的工具，作家们通过自己的作品挑战审查和镇压，用笔墨反思社会不公和社会斗争，呈现了承担更多社会和政治责任感的文学特点。21世纪，乌拉圭当代文学依然是一片充满多元化和多样性的领地，当代作家探索多样的身份认同、复杂的现实和当下的挑战，反映了乌拉圭的文化复杂性和丰富性，以及作家们从本土视角对人类普遍困境的反思。

# 拉丁美洲的易卜生
## ——弗洛伦西奥·桑切斯

弗洛伦西奥·桑切斯(Florencio Sánchez,1875—1910),被誉为"拉丁美洲的易卜生",乌拉圭现实主义剧作家、记者,一生共创作了20多部剧作,代表作有《我的博士儿子》《外国姑娘》《江河日下》《家庭里》《母老虎》等。他深受易卜生等欧洲批判现实主义作家的影响,同时深入拉美生活,从现实社会选取题材,深刻反映了拉普拉塔地区的社会问题,并通过向拉普拉塔河戏剧风格中加入新元素推动该地区戏剧的现代化。

1875年1月17日,弗洛伦西奥·桑切斯出生在乌拉圭首都蒙得维的亚的一个中产阶级家庭,弗洛伦西奥少年时期就在乌拉圭外省的小镇米纳斯从事新闻工作。他的第一组文章题为"人民之声",登在米纳斯的一份报纸上,在这组文章里,这位当时年仅15岁的少年揭露了当地的"经济行政会议"内情,并对之加以坚决抨击,因此当地政府官员便开始对他百般刁难。一次偶然的机会,他被邀请充当临时演员,桑切斯与戏剧艺术的邂逅便开始了。1891年,他开始为《理性报》撰稿,得到了扎实的文学基本功训练。1897年,由于考迪罗[①]的统治野蛮残酷,桑切斯所属的白党发动起义,他加入了阿帕里西奥·萨拉维亚领导的部队,并参加了两场反对考迪罗的战斗。这次经历让他超脱党派的立场,写出了《一个胆小鬼的信札》,谴责考迪罗之流,因此

---

① 考迪罗(Caudillo),亦称考迪罗主义、考迪罗制度,原意是首领、头领。考迪罗制是拉丁美洲特有的军阀独裁制度。

又得罪了权贵。后来,桑切斯越过拉普拉塔河来到阿根廷寻求生路,在布宜诺斯艾利斯和罗萨利俄做新闻记者谋生,虽然生活贫苦,但他对戏剧的热爱一直支撑着他,他也能从中作乐,进行戏剧创作。

身处19世纪与20世纪之交的阿根廷,由于有大批移民拥入,出现了较快的经济增长,城乡面貌迅速变化。原本较为落后的高乔①式自由放牧之景因牛肉、皮革、羊毛等产品的大量出口而发生了现代化的转变。同时,来自法国、西班牙、意大利的许多无政府主义者以及资产阶级民主派人士给这个南美国家带来了新思想的火光。阿根廷的巨大变化使得城乡之间、锐意进取的外国移民和衰落的本地古老家族之间,以及资产阶级思想与封建思想之间产生了激烈的冲突。社会现实给予了桑切斯极大的创作灵感,在短短的6年内,他接连写了20部优秀的剧本,如《我的博士儿子》《外国姑娘》《江河日下》等,展现了20世纪初期的拉普拉塔河地区的社会发展,众多典型人物之间的命运交织记录了时代变化。拉丁美洲著名文学评论家奥赛科曾称桑切斯"不仅是西班牙语美洲最伟大的剧作家,而且是唯一重要的剧作家"。

1903年,《我的博士儿子》一经出演便轰动了整个布宜诺斯艾利斯。戏剧讲述了在20世纪初一个乌拉圭的庄园里,封建庄园主奥莱加里奥看不惯受过新式教育的博士儿子胡利奥从城里

---

① 高乔人(Gauchos)是拉丁美洲民族之一。分布在阿根廷潘帕斯草原和乌拉圭草原以及巴西南部平原地区。属混血人种,由印第安人和西班牙人长期结合而成,保留了较多的印第安文化传统。

学来的各种不良习惯,而这位博士儿子不仅假冒别人的签名提款,在城里欠下大笔债务,还在与城里姑娘莎拉交往的同时在家乡与奥莱加里奥的教女赫苏莎偷情。这位封建的庄园主在接连两次受到这样新思想、新习惯、新作风的冲击后倒下了,他在弥留之际仍要求这位博士儿子与教女赫苏莎结婚。几个月后,在母亲的百般请求下,胡利奥终于完成了父亲的遗愿。该剧揭示了封建宗法思想和资产阶级自由思想的冲突。

1904年出版的《外国姑娘》的故事同样发生在乡下。老牧场主坎塔利西奥在庄园里过着一如既往的悠闲日子而浑然不知时代的变化,他拒绝了儿子普罗斯佩罗(意为"繁荣")想要进行农业改营的请求,认为儿子将自己出卖给了他的外国移民邻居尼古拉。后来,由于无法偿还债务,这位老庄园主只得将土地房产全部押给了尼古拉,落得片瓦无存的地步。一次偶然的机会,本来已经远离了这片土地的坎塔利西奥因给移民外国佬赶牲口而回到了这里,他看见眼前一切熟悉的事物消失殆尽,甚至连那棵象征古老高乔传统的翁波树也被砍倒了。在离开的过程中又被新时代产物——汽车撞倒,还需要自己的仇家尼古拉救治。戏剧的结尾,普罗斯佩罗与尼古拉的女儿维多利亚(意为"胜利")结婚,预示着古老的本地家族与西欧移民汇成的新民族将创造出光明的未来。本剧以落魄的封建牧场主和代表新兴资本主义农业生产的意大利移民之间冲突的故事,反映了拉普拉塔河地区乡村社会的巨变。

1905年,《江河日下》一剧以阿根廷土地兼并过程中发生的一个悲惨故事为主线,讲述了一个安分守己的老好人堂索伊洛被懂现代技术的新庄园主路易斯与警官古铁雷斯陷害,夺去他全部家产的故事。不仅如此,路易斯与古铁雷斯"慷慨地"让堂索伊洛与他的小女儿罗布斯蒂亚娜住在原来的庄园里,趁着堂索伊洛出门就来与他的大女儿普鲁登西娅和二女儿鲁德辛达鬼混。罗布斯蒂亚娜告知他此事后,堂索伊洛一怒之下举家迁到了破茅屋里。普鲁登西娅和鲁德辛达将罗布斯蒂亚娜折磨至死,并在路易斯等人的怂恿下抛弃了堂索伊洛。堂索伊洛人财两空,爱女也永远离开了他,濒死之际,他感叹若是他品行不端,倒是罪有应得,但他明明勤劳正直,为何落得这般田地。这部戏剧反映了一个守旧的传统道德家庭在资本主义势力外部挤压与内部腐蚀的双重压力之下最终崩溃的社会现实,揭露了当时资产阶级社会腐朽丑恶的面貌。

桑切斯戏剧的成功并未改变他穷困潦倒的境遇,他始终过着食不果腹的日子。1910 年,35 岁的桑切斯由于肺病的加重,在前往瑞士治病的途中,在意大利的米兰去世。

拉丁美洲拥有悠久的诗歌传统和叙事美学,但在戏剧这一体裁上略显薄弱。弗洛伦西奥·桑切斯是拉美现代戏剧的先驱,他的作品深刻反映了拉普拉塔河地区社会阶层之间、种族之间的不公平,新旧观念带来了伦理道德反思,贫穷导致的社会不公正等,推动了拉美戏剧发展,并为拉美戏剧赢得了国际声誉。1921 年,在他离世后的第十一年,为纪念他为拉美戏剧所做出的贡献,普罗格雷索[①]大剧院更名为弗洛伦西奥·桑切斯大剧

---

[①] 该剧院于 1876 年建成,位于乌拉圭河沿岸的派桑杜,曾接待过许多著名作家,如鲁文·达里奥、尼古拉斯·纪廉、拉法埃尔·阿尔维蒂、苏佩维埃尔等。

院,这个剧院如今已是乌拉圭的著名景点,世界各地的人来到这里观看戏剧,也缅怀这位伟大的戏剧家。

## 原著片段赏析

### 《我的博士儿子》①

人物关系:

胡利奥:奥莱加里奥的儿子,在城里读博士。

奥莱加里奥:胡利奥的父亲,是个农场主。

赫苏莎:奥莱加里奥的教女,管奥莱加里奥叫"教父",同时是胡利奥的情人。

莎拉:胡利奥在城里读博士的女朋友。

阿德莱达:莎拉的母亲。

胡利奥:您说,您和您的干亲家有何权利干涉我的私生活?

奥莱加里奥:有什么权利?

胡利奥:(严厉地)是呀!有什么权利?我是大人了,成年了!就算不是这样吧,也已经很长时间就自己思考问题了,我不需要什么人领着我走人生之路……我是自由人!坐下,爹!……您别发火!……(泰然自若地接着说下去)我和您过的是用感情的纽带联系起来的、可是完全不同的生活。我们各管

---

① 参见弗洛伦西奥·桑切斯:《外国姑娘》,吴健恒译,上海译文出版社 1994 年版。

各的事,除了我乐意爱您,您对我并没有其他什么权利。(奥莱加里奥勃然大怒)您冷静点,冷静点!(和蔼地)您要知道我很爱您……什么都在改变,老爷子。这个时代,把将您教育出来的那个时代的道德、习惯、生活方式,都送进档案馆了……今天,那都是些过时的东西了。您把我对您最亲热的表示,说成是揉揉摸摸。您想要像从前那些老古板父亲似的,叫我每天清早起来不是向您问好,而是要吻您的手,求您祝福。没有得到您的允许,我就不得说话,不得笑也不得哭。叫我听您的话像听神谕似的,要是您叫了另外一个名字,我就不能说面包是面包,酒是酒。不让我懂得比您多,也不能说您干了蠢事,不让我在您面前抽烟。(掏出支香烟来点燃)总之一句话,您的习惯就是形成我的习惯的榜样!可您不明白,爹,我笑话您这些蠢念头,就是为了更加亲近您,更加是您的朋友,更加自然地爱您。回头说我的行为举止吧,我究竟犯了什么大罪呢?

我认为,我并没有浪费时间,我在获得好名声。我念书用功,明白事理,您还要怎样呢?怪我欠了几笔债?怪我用钱比您所想让我用的多?这倒是的。可一个人有另外的需要,另外的负担,您让他领那么一点儿少极了的月钱过日子,那怎么能过得下去!除此以外,我唯一感到遗憾的是,我没有亲口告诉您我借钱的事儿,我本想在走之前告诉您,向您要钱去还债……

奥莱加里奥:啊!……你原来是这样!……我耐着性子听你胡扯,只不过是想知道你到底有多不害臊!……

**前情提要:想要娶赫苏莎的堂埃洛伊告诉奥莱加里奥说胡**

利奥假冒他的签名去银行提了款,被发现后却不认账。堂埃洛伊另又带来莎拉父亲的一封信,信里莎拉的父亲指明,胡利奥读大学时到处借钱、预支工资却不知所为何事,有损风气,让奥莱加里奥对胡利奥多加训诫。信中也提到胡利奥正在追求莎拉,赫苏莎得知后几近崩溃。恰巧这时莎拉与其母亲前来拜访,矛盾冲突激化……

奥莱加里奥:真该把你打死!……你不尊重我,伤我的心,把我气得要死……由于你的过错我活都活不下去了……这还不够哇!你甚至堕落到玷污这可怜的、容易上当受骗的孩子,这还不够哇!……你有什么脸见人?……你的良心在哪里?这就是书本教你的东西吗,不要脸的?回答呀!……难道说气死爹娘,勾引可怜的女孩子,欺骗另一个姑娘,这算是有心肝吗?……说,黑良心的!……这情景还不能打动你的心吗?……你来解释一下你的伟大理论吧!爹娘的伦理道德教了你这一套吗?……

胡利奥:按你们的道德观办事,出这种事就是无法避免的,爹!……按我的更为符合人情的道德观来说,我看这种事儿不过是偶然事件,不存在什么责任问题……

奥莱加里奥:这成什么话?

胡利奥:老实说,爹!……叫我跟赫苏莎结婚,那弥补得了什么?……我不爱她,还要我为了怜悯她跟她结合,让她用我的名字吗?您问问她看,问她究竟是这样好,还是我一心一意爱我的儿子好……

阿德莱达:女儿,我们走!……

莎拉：胡利奥！……

胡利奥：你们干吗要走！……莎拉，只有你能了解我。你不是真正了解我的吗？……莎拉，你对我说说！……只要你的一句话！……一句话！……

奥莱加里奥：你们看到过这种不要脸的人吗？……（对莎拉说。走吧，可怜的孩子！……这事儿已经无可挽回了！……胡利奥得弥补他所造成的损害……）

胡利奥：不，老爷子！我什么也不需要弥补！………

奥莱加里奥：什么？……你敢，坏蛋！……你得跟赫苏莎结婚！……当然……你得结婚！……

胡利奥：我不结婚。我想提醒您，先生，您没权利强迫我干什么……

奥莱加里奥：你说什么？……我是作为你的父亲，而不是作为赫苏莎的父亲来说话的！……要么你结婚，要么老子就揍死你！……（抓住他一条胳膊。）

胡利奥：（推开他）您冷静点！……这是怎么闹的，先生！……

奥莱加里奥：不！……我冷静得很……我答应不打你……可你得结婚……你得说"是"，要不老子揍死你，嗯！

赫苏莎：喔！……够啦！……够啦！……教父！……是我……是我不愿意结婚！……饶了我吧！

奥莱加里奥：是你？……啊，该死的！（举起拳头要打她。胡利奥拦住）

胡利奥，这位在蒙得维的亚求学的博士儿子，对家中的老爷子亲切地称呼为"朋友"。然而,他在都市生活中逐渐沾染上了一些新的风习,四处借钱维持自己"高品质"的生活,追求父亲老友的女儿莎拉的同时还玷污了父亲的教女赫苏莎。与此同时,家中的老爷子奥莱加里奥,住在乌拉圭乡下古老的庄园庭院,坚守着传统的思想观念,他坚信"只要我还活着,这个家里就该是我做主"。然而时代变迁,胡利奥的新思想"无人能干涉我的自由"与老奥莱加里奥的传统思想产生了激烈的冲突。老奥莱加里奥试图用鞭子来维护自己的尊严和家庭的秩序,但这种方法在时代的变化面前显得愈发无力。父子之间的这种封建意识与资产阶级意识之间的代沟逐渐加深,直至矛盾激化。在一次冲突中,老奥莱加里奥一拳挥下,不仅打伤了胡利奥,也让父子之间的裂痕更加严重。在后续的故事中,老人匆匆回乡,因病倒在了床上,生命垂危之际,他坚持要儿子胡利奥答应与教女赫苏莎结婚,愿意在其他的事情上做出让步。胡利奥在得知父亲病重的消息后,匆忙赶回乡下。在面对父亲即将离世的现实时,他最终选择了了却老爷子的遗愿,与赫苏莎结婚,成全了老人的心愿,胡利奥不得不在传统与现代、家庭与个人之间做出艰难的选择。

### 《外国姑娘》[①]

人物:坎塔利西奥(因债务问题失去了全部土地与房产的

---

① 参见弗洛伦西奥·桑切斯:《外国姑娘》,吴健恒译,上海译文出版社 1994 年版。

老庄园主)、短工乙(正在负责砍倒翁波树的工人)

前情提要：坎塔利西奥已经将全部土地与房产抵押给了尼古拉,前往科尔多瓦省远离故乡与一切伤心事,却因为要给一个庄园主赶牲口到附近来,便回到了自己曾经的庄园,却发现那棵早在西班牙人到来前就被种下的翁波树正在被砍倒……

**坎塔利西奥**：打老远我就看到了外国佬对我干的这些坏事儿……(向四周张望)你们瞧……你们瞧……房子就别提了……,看来他们要在这上面修个镇子似的……也别提打铁炉子……水车……拴牲口的桩子了……真不讲理！……没心肝的。那边呢？……这我可决饶不了他们……把我心疼的桃树也砍啦！……那片桃树还是我那去世的女儿艾丽莎种的……每年都要结一批这么大的桃子……这帮害人虫……我的东西还能见得着的,就只有那棵翁波树了……可是,伙计？……你们干吗把树枝修成这样呢？……

**短工乙**：修树枝？……这树也快要倒啦……我们就在……锯掉它！

**坎塔利西奥**：锯倒翁波树？……这可不成……这是什么世道哇！……他们可以把什么都毁掉,因为他们是大老板……可翁波树并不是他们的……翁波树是田野的……他妈的！……

**短工乙**：我也是这么想。可东家说这棵可怜的老树会损坏他们的房子……(维多丽娅出场,停下来听他们的谈话)

**坎塔利西奥**：那他们干吗不把房子起到那边一点呢？……

好个理由！……翁波树就像河流似的,就像山冈似的……我从来没见过谁要填平一条河来在上面盖房子,也没见过谁要推倒一座山来建牧场……杀人犯！……没心肝的！……毁掉一棵这么漂亮、这么美好、这么可心的树,他们要是还有点儿良心,那会感到痛苦的……谁都知道,这帮人没看到翁波树生长过,他们那边的土地上也没这种树……

短工乙：您去跟他们说说,叫他们懂得这个道理……

坎塔利西奥：他们怎么会懂呢……说来人家也不信！……连你们自己……连你们这些本地人也都中邪了……

短工乙：啊！……是他们叫我们干的！……

坎塔利西奥：那你们就不干……你们就走开……可怜的人哪！……你们都把自己出卖啦……全都在变成外国佬啦！……天哪,我来这儿干吗呢！……来看这么多的伤心事！……(转身碰着维多丽娅,急忙地)你好……你是来瞧瞧你们家在这儿干的好事儿的吗,嗯？……(要走)

坎塔利西奥,一位出身于阿根廷古老家族的老牧场主,坚守着传统,按照老办法饲养牲畜,以打牌消磨时光。然而,他背后却欠着自己鄙夷的"外国佬"尼古拉的沉重债务。当他既有新思想又能干的儿子普洛斯佩罗以改营农业为由向他索要土地时,他坚定地拒绝了,认为儿子是要把自己卖给外国佬,固执地坚守着自己的土地与传统。然而债务的压力迫使他不得不将房产和土地全部抵押给尼古拉,而自己空空悲叹"这自古以来的大好牧场,给这帮外国佬抢去改为耕地了"。为了逃避这片充满痛苦回忆的土地,坎塔利西奥决定隐居深山,寻求一片宁静。然而当他意外回到这片土地时,目睹了那棵象征着古老高乔传统的翁波树被无情地砍倒,"在外国移民督促下短工们拉大锯的声音里,也能听出阿根廷两个历史时代交替之际像冬尽春临冰雪消融的坼裂之声"。[1] 无法接受这一残酷事实的他,转身逃离,却不慎被汽车这一现代文明的产物撞伤。

在坎塔利西奥最无助的时候,尼古拉一家伸出了援手,他们不希望这位本地人悲惨地死去。这个意外的善举,也为剧情增添了更多的复杂性。本剧的结局充满了深意,坎塔利西奥的儿子最终与尼古拉的女儿结为夫妻,这一联姻象征着新旧文化与内外文化的交融。桑切斯通过这一细节,揭示了阿根廷封建制度的衰落与资本主义现代文明的崛起是不可避免的历史进程,这种交融与变革,既充满挑战也蕴含机遇。

---

[1] 弗洛伦西奥·桑切斯:《外国姑娘》,吴健恒译,上海译文出版社1994年版,第9页。

# 时代的敲钟人
## ——何塞·恩里克·罗多

何塞·恩里克·罗多(José Enrique Rodó,1871—1917),乌拉圭作家、哲学家、文学评论家及政治家,是现代主义最伟大的散文家之一,也是乌拉圭"900年一代"[①]的领军人物。他的散文《爱丽儿》(1900),引发了一场精神革命,影响了整个大陆的青年人。罗多批判性和创造性地重新采纳南美的"拉丁"根源,南美人民以"拉丁美洲"作为自称,可以说是通过罗多发起的精神革命而开创的。罗多是南美最著名的知识分子之一,和鲁文·达里奥、何塞·马蒂、法兹·费雷罗同属现代主义运动的思想家,为拉丁美洲文学的形成奠定了基础。

罗多出生在一个富裕的商贾之家,家中排行第七,母亲罗萨里奥·皮涅罗出身于贵族家庭,父亲何塞·罗多·哈内尔是加泰罗尼亚商人。4岁时,在姐姐伊莎贝尔的帮助下,他开始阅读并对文学产生了浓厚的兴趣。罗多自幼便展现出非凡的写作天赋和对政治的敏锐洞察力。年仅10岁的罗多就自己编写了"童年小报",在《普拉塔》报中,他便以"致敬!!繁荣!!团结!!"的口号展现出了他对社会和历史的关注与洞察,与同龄人的稚嫩似乎不相匹配。罗多与同学一起编写了一份半月小报《最初的

---

① "900年一代"(la generación de novecientos),19世纪末出现的一批以鲁文·达里奥、何塞·马蒂、何塞·恩里克·罗多为代表的开创了拉美现代主义的文人。罗德里格斯·莫内加尔曾给"900年一代"贴上标签:代际经验。他们与现代主义先锋们的同龄人,继承了后者追求新美学的焦虑,呈现出了向内转、接纳不和谐的现代性。

曙光》，在其中他介绍了富兰克林生平、纪念玻利瓦尔诞辰百年、摘编1856年某商人被施以不许睡觉的"恐怖刑罚"、介绍了加拿大名字的由来、讲述非洲植物奇闻……1882年，罗多进入当地有名的埃尔比奥·费尔南德斯学校学习；次年，由于家庭经济状况急转直下，他转学去了一所公立学校。1885年，由于父亲去世，拮据的经济条件让罗多不得不中途辍学，开始他的工作生涯。他先是在法庭当记录员，从1891年开始担任银行职员。

同许多文人作家一样，罗多并不安于现状，他保持着清醒的头脑和睿智的见解，广泛阅读，不断提升自己的文学素养。1895年，罗多开始在新闻界发展。他认为新闻不仅是他谋生的手段，更是他在不同实践中传播思想理念的媒介。同年，他与朋友共同开办了《国家文学和社会科学杂志》，他表示，该刊物旨在冲破乌拉圭新闻界停滞不前的文化现象，为"新一代提供脑力生活"，"撼动乌拉圭知识界面临的泥潭"，并鼓励大学在社会科学、哲学、艺术等领域的思想传播，为文学的复兴做贡献。罗多不仅在期刊上发表鲁文·达里奥、卢贡内斯等文学大家的文章，还大量引用"法国抒情诗"和"现代主义者"的文段，将"现代主义"带进了乌拉圭。在1895—1897年发行的杂志上，他陆续刊载文章《将要来的人》《新小说》，在分析乌拉圭社会普遍焦虑现状的同时，为当时社会提供了一种友爱、和谐的精神寄托。1897年，当杂志由于债务问题关闭时，他开始出版一系列名为《新生活》的文学小册子，在情势复杂的19世纪末，面对日益加剧的精神危机，面对美国的扩张主义及其功利主义进步模式的危险影响，罗多执笔思考文学的意义。

## 时代的敲钟人

1898年,罗多受聘到乌拉圭共和国大学教授西方文学。同年,美西战争爆发,西班牙一败涂地。美国继1823年推行"门罗主义"以来,进一步扩张了在拉丁美洲的势力范围,大力扩大文化和意识形态影响,推行所谓"美洲人民的美洲"。罗多想要把拉美从"泛美"的幻想迷梦中叫醒,抵御来自美国的威胁和影响,坚持理想,强调艺术,特别是唤醒处在迷茫中的年轻人,鼓励他们全面发展,重视自己的价值观和精神体系。1900年2月,罗多自费出版了《爱丽儿》(*El Ariel*),首印700册。罗多以独白的形式描写了一个大学教授讲授最后一课的情形,他以莎士比亚《暴风雨》①中的精灵爱丽儿象征自由、崇高的精神生活,赋予卡列班以"美国病"的象征意义,粗鄙低俗、充满功利主义,他质疑美式个人主义、平等主义与民主观念的哲学根基,重述了两个美洲间"文明"与"野蛮"的万千纠葛。他分析了民主的性质,阐述了他的"美洲主义"观点,认为美洲将来终会成为一个统一的大国家,鼓励拉美青年不要对美国亦步亦趋,更不要做所谓的"泛美"的美梦,要维护独立的精神信仰自由,超越纯粹的物质追求。这本书将拉美民族主义问题摆到拉美青年面前,威势之大,开启了拉美探寻独立自主的道路。也正因为这本书的出现,罗多被学者们视作"敲钟者":他在美西战争后,旧殖民者从西班

---

① 故事中意大利米兰公爵普罗斯帕罗遭兄弟安东尼奥篡位夺权,为避免杀身之祸,他只得带着小女儿和魔法书流落荒岛。在岛上,普罗斯帕罗遇到了"半人半兽"的怪物卡列班,将之驯化为自己的奴隶。随后,他又打败了卡列班的母亲、岛上的女巫西考拉克斯,并解救出了被她卡在松树中的"空气精灵"爱丽儿,使其听候自己的差遣。由此,普罗斯帕罗成为小岛的主人,他在日后凭借魔法和爱丽儿的协助复仇成功,最终恢复爵位,重返家园。

牙离场,新的美利坚帝国霸权将至的沉闷与迷茫的时代,敲响了拉美民族主义的警钟,改变了拉美意识形态的历史。后来,这本书被列为拉美学生必读书目,影响了一代又一代文人,包括切·格瓦拉、雷塔马尔、雷耶斯等,也因此,罗多被奉为"美洲青年良师"。

罗多不仅爱好文学,对政治也抱有热情,1902年担任蒙得维的亚市议员,全力支持何塞·巴特列·奥尔多涅斯在1903年成功当选总统。1904年,以白党领导人阿帕里西奥·萨拉维亚为首的白党起兵反抗,乌拉圭再次爆发内战。罗多在国家危难之际继续担任议员,积极倡导新闻自由和废除审查制度,坚信言论自由是民主社会的基石。1905年,由于厌倦了议会的生活,又受到财政问题的困扰,加之满腹文化上的抱负无法施展,罗多辞去了议员的职务。

退出政界后的罗多继续发表文章,对乌拉圭乃至拉丁美洲的政治局势发表独到见解。1906年,他发表了《自由主义和雅各宾主义》,对国家的发展潮流持审慎态度,并坚决反对对美国的过度依赖。尽管罗多两度重返政坛,担任议员,但他与总统巴特列的对抗使他在政坛上屡遭挫折。

1913年,罗多出版了另一部重要文集《普罗斯帕罗瞭望台》,继续为拉丁美洲的文化独立和民族自主发声。第一次世界大战期间,他以笔名"爱丽儿"(Ariel)在《电讯报》上发表了一系列评论,坚定支持法国及其盟国的事业,将拉丁美洲的文化和情感融入一个更广泛的地缘政治背景中。然而,由于政府对他的边缘化,罗多于1916年选择自愿流亡,为阿根廷《国家报》担任欧洲文化记者。他计划游历欧洲各国并定居巴黎，以全心投入文学创作。然而，命运多舛，他在1917年5月1日因病去世，享年45岁。罗多的离世让拉丁美洲失去了一个精神支柱，但他的思想和作品继续激励着后人探寻独立自主的道路。

## 原著片段赏析

### 《爱丽儿》[①]

青春，在个体和一代代人的灵魂里意味着光明、爱、力量的青春，也在各个社会的发展进程中存在并具有同样的意味；硕果、生命力和对未来的主宰，将永远属于像你们一样感知和思考生命的人……你们自带一种被祝福的力量，对此要有清醒的认识；但也不要以为这种力量不会失误、消退、变成现实中某种无目标的冲动。这是自然馈赠的无价之宝，但要基于思想才能丰产，否则只会无谓地增殖，或者在个人意识中分裂、分散，无法在人类社会生活中表现为一种有益的力量。

……

有了这种感情的激发，你们便进入生活吧，让生活给你们打开更广阔的地平线，抒发正当的企图心：用征服者的自豪眼光看待生活，从那一刻起，也让生活感到你们的存在。无所畏惧的主动，勇敢革新的智慧都落到青春的灵魂之上。也许从当前世

---

[①] 参见何塞·恩里克·罗多：《爱丽儿》，于施洋译，上海人民出版社2021年版。

界范围来说,青年的行动和影响在社会的进程中还没有达到应有的效果和强度。

……

培养好的品位不止(只)①意味着改进文化的某个外表,呈现一种艺术的才能,用浅显的精致保持文明的优雅;好的品位是"原则的坚定缰绳"。马萨教授极为准确地将其解释为第二种自觉意识,可以引导我们,以及当第一种自觉晦暗、动摇时,把我们带向光明。而在白芝浩看来,对美有细微体察,会极大地帮助生活的坚定触感,以及习惯的体面尊严。"教育出好品位,"这位智慧的思想家说,"旨在锻炼出好的意识,舍此,我们在当下复杂的文明生活中将无以支撑。"

……

强大的美利坚合众国对我们进行了一种伦理上的征服,对她伟大力量的崇拜正大踏步地侵入我们领导阶层的灵魂深处,而普通大众也许尤甚,更容易被成功的魅力迷倒。从崇拜极容易演化为效仿,心理学上看,崇拜和信仰已经是消极的效仿,白芝浩就说,我们的精神本性趋于模仿,因为灵魂深处愿意信。日常的感觉和经验也可以建立这种简单的联系,人总是效仿他们相信优于自己且具有威望的人。由此,一个略去征服战争自发去拉丁化、效颦美国的美洲形象,开始漂(飘)浮在许多真心为我们未来着想的国人的梦想上,亦步亦趋带来极大的满足,在此基础上再作些创新和改革。我们当中也有一批美国崇拜者。不论

---

① 括号为编辑对不规范用字的修改,全书同此。

从理智还是情感上,我们都有必要提醒其局限性。

……

我们不止一次地看到,历史上伟大的革新、伟大的时代、人类发展进程中最光辉丰饶的时期,几乎总是两股不同的、并存的势力角逐的结果,通过对立的协调,保持生的兴趣和刺激,否则便会在绝对统一的平静中耗尽消亡。也就是说,雅典和斯巴达这两极之间有一道轴,环绕它旋转的是人类最天然、文明程度最高的特质。现在美洲需要保持其构成中独特的双重性,让同时从两极放飞两只雄鹰、让它们同时抵达统治疆界的神话变成历史中的现实。这种天分上的、竞争性的区别并不排斥,反而容纳,甚至在许多方面有利于团结统一。如果我们现在能预见到这种更高级的和谐成为遥远未来的模式,那就像塔尔德①所说,不应该出于一个民族对另一个民族单边的效仿,而是双方相互影响、双方优点糅合的结果。

……

面对后代,面对历史,所有伟大的民族都应该像一株植物,和谐地舒展,孕育结果,用精纯的汁液向未来奉上芳香之理想、种子之丰饶。没有这种持久的、人文的、超越转瞬即逝实用目的的硕果,帝国强大将不过是人类历史上一场梦境,如同个人梦中的情景,并不能构成生息死灭中的一环。

……

我们拉丁美洲已经有一些城市,物质财富和表面的文明成

---

① 塔尔德(Jean Tarde,1843—1904),法国社会学家、犯罪学家、社会心理学家。

就令其加快了迈向世界一流的步伐,但有必要担心,当沉静的思想前来敲打骄奢的外表,会像敲打空心的铜杯,只听见令人失望的闷响;同样,这些美洲大名鼎鼎的城市,诞生过莫雷诺、里瓦达维亚、萨米恩托,发动过不朽革命的,将英雄的荣耀和鼓舞的话语传遍整个大陆,如同向一潭死水投入石头激起层层涟漪的城市,最终可能沦为西顿、推罗或迦太基。

你们这一代人必须阻止上述情形的发生,你们是成长的年轻一代,是未来的血液、肌肉和神经。我愿将未来比附在你们身上,仿佛眼见你们注定要引人为精神事业而战。你们奋斗的毅力应该和必胜的信心保持一致,不要气馁,去吧,向斯基泰人讲精致的福音,向维奥蒂亚人讲智慧的福音,向腓尼基人讲无私的福音。

思想坚持存在就够了——并证明其存在,如同第欧根尼证明运动的存在——如此,思想的承递便是必然,思想的胜利便有保证。

……

爱丽儿是大自然崇高的冠冕,用精神的火苗,让有组织形式的向上发展得以完结。胜利的爱丽儿,代表着生命中的理想秩序,思想中的高超灵感,道德里的无私忘我,艺术上的高雅品位,行动上的英雄主义,风俗中的精致细腻……

与其记住我的话,请你们更要记住爱丽儿雕像的永恒与美好。希望这座铜像轻盈优雅的形象,从今往后印刻在你们灵魂的最深处。

《爱丽儿》的声音都是普罗斯帕罗发出的,他从《暴风雨》中的魔法师转变成了本书当中智者导师的形象,这样的身份给说理文本增加了某种虚构的可读性；他选择用教学的方式，采取柏拉图和福音书式的对话，选择了不同文化形态、不同历史时期的故事，来构建自己的说理逻辑，启发寻找人类发展更本质性的模式和动力机制。

《爱丽儿》在西语美洲青年心中唤起了一种在当时难以想象的主人翁精神，是此前的浪漫主义都不曾见过的。1908—1920年间，多国召开的大学生联合会都宣称是从《爱丽儿》的课堂走出来，共同应罗多和爱丽儿给予他们的乐观主义和建设性的反抗精神，既对抗美国，也反对本国的独裁和腐败，包括掀起大学教育改革的浪潮。

费尔南德斯·雷塔马尔[1]曾说："毫无疑问，罗多的爱丽儿为革命事业提供了最初的发射台。"西班牙"98年一代"代表作家乌纳穆诺曾如此评论《爱丽儿》，"这是一首赞歌，献给年轻人，献给激情，献给对理想、和谐、美的渴望……这本书也是一声召唤，让人走向自然，走向生活，走向健康的沉思，保持人之为人的完整性，崇尚美……但《爱丽儿》最值得注意的，是坚持调和理想的高度关怀与民主精神"。

## 《坚硬的荒原》[2]

坚硬的荒原，一望无际，灰茫茫，朴实得连一条皱褶都没有；

---

[1] 费尔南德斯·雷塔马尔（Femández Retamar,1930—2019），古巴诗人、散文家、文学评论家和"美洲之家"主席，大学教授，在革命政权中担任多个文化职位。

[2] 参见何塞·恩里克·罗多：《坚硬的荒原》，赵振江译，《外国文学》1989年第2期。

凄清,空旷,荒凉,寒冷;笼罩在铅也似的穹隆下。荒原上站着一位高大的老人;瘦骨嶙峋,古铜色的脸,没有胡须;高大的老人站在那里,宛似一株光秃秃的树木。他的双眼象(像)那荒原和天空一样冷峻;鼻似刀裁,斧头般坚硬;肌肉象(像)那荒凉的土地一样粗犷;双唇不比宝剑的锋刃更厚。老人身旁站着三个僵硬、消瘦、穷苦的孩子;三个可怜的孩子瑟瑟发抖,老人无动于衷,目空一切,犹如那坚硬荒原的品格。老人手里有一把细小的种子。另一只手,伸着食指,戳着空气,宛似戳着青铜铸成的东西。此时此刻,他抓着一个孩子松弛的脖子,把手里的种子给他看,并用下冰雹似的声音对他说:"刨坑,把它种上。"然后将他那颤(战)栗的身躯放下,那孩子扑通一声,象(像)一袋装满卵石的不大不小的口袋落在坚硬的荒原上。

"爹,"孩子抽泣着,"到处都光秃秃、硬邦邦的,我怎么刨呢?""用牙啃。"又是下冰雹似的声音回答;他抬起一只脚,放在孩子软弱无力的脖子上,可怜的孩子,牙齿咔咔作响,啃着岩石的表面,宛似在石上磨刀;如此过了许久,许久,那孩子终于在岩石上开出一个骷髅头大小的坑穴;然后又啃呀,啃呀,带着微弱的呻吟;可怜的孩子在老人脚下啃着,老人冷若冰霜,纹丝不动,象(像)那坚硬的荒原一样。

当坑穴达到需要的深度,老人抬起了脚,谁若是亲临其境,会越发痛心的,因为那孩子,依然是孩子,却已满头白发;老人用脚把他踢到一旁,接着提起第二个孩子,这孩子已颤抖着目睹了前面的全部经过。

"给种子攒土。"老人对他说。

"爹,"孩子怯生生地问道,"哪里有土啊?""风里有。把风里的土攒起来。"老人回答,并用拇指与食指将孩子可怜的下巴掰开;孩子迎着风;用舌头和咽喉将风中飘扬的尘土收拢起来。然后再将那微不足道的粉未(末)吐出,又过了许久,许久,老人不焦(骄)不躁,更不心慈手软,冷若冰霜,纹丝不动地站在荒原上。

当坑穴填满了土,老人撒下种子,将第二个孩子丢在一旁,象(像)一个被榨干了果汁的空壳,痛苦使他的头发变白,老人对此不屑一顾;然后又提起最后一个孩子,指着埋好的种子对他说:"浇水。"孩子难过得抖成一团,似乎在问他:"爹,哪里有水呀?""哭。你眼睛里有。"老人回答;说着扭转他那两只无力的小手,孩子眼中顿时刷刷落泪,干渴的尘土吸吮着;就这样哭了许久,许久;为了挤出那些疲惫不堪的泪水,老人冷若冰霜,纹丝不动地站在坚硬的荒原上。

泪水汇成一条哀怨的细流抚摸着土坑的四周,种子从地表探出了头,然后抽出嫩芽,长出了几个叶片;在孩子哭泣的同时,小树增加着枝叶,又经过了许久,许久,直到那颗(棵)树主干挺拔,树冠繁茂,枝叶和花朵洋溢着方(芳)香,比那冷若冰霜、纹丝不动的老入(人)更高大,孤零零地屹立在坚硬的荒原上。

风吹得树叶飒飒作响,天上的鸟儿都来枝头上筑巢,它的花儿已经结出果实;老人放开了孩子,他已停止哭泣,满头白发;三个孩子向树上的果实伸出贪婪的手臂;但是那又瘦又高的老人抓住他们的脖子;象(像)抓住幼崽儿一样,取出一粒种子,把他(它)们带到附近的另一块岩石旁,拾起一只脚,将第一个孩子的牙齿按到地上,那孩子在老人的脚下,牙齿咔咔作响,重新啃着岩石的表面,老人冷若冰霜,纹丝不动,默不作声,站立在坚硬的荒原上。

那荒原是我们的生命;那冷酷无情的硬汉是我们的意志;那三个瑟瑟发抖的孩子是我们的内脏、我们的机能、我们的力量,我们的意志从它们的弱小无依中吸(汲)取了无穷的力量,去征服世界和冲破神秘的黑暗。

一抔尘土,被转瞬即逝的风吹起,当风停息时,又重新散落在地上;一抔尘土:软弱、短暂、幼小的生灵蕴藏着特殊的力量,无拘无束的力量,这力量胜过大海的怒涛、山岳的引力和星球的运转;一抔尘土可以居高临下,俯视万物神秘的要素并对它说:"如果你作为自由的力量而存在并自觉地行动,你便象(像)我一样,便是一种意志:我与你同族,我是你的同类;然而如果你是盲目的、听天由命的力量,如果世界只是一支在无限的空间往返的奴隶的巡逻队,如果它屈从于一种连自身也毫无意识的黑暗,那我就比你强得多,请把我给你起的名字还给我,因为在天地万物之中,唯我为大。"

## 《四海杂谈》[①]

### 不同民族的个性

关于在我们每个人身上都存在的被称为"个性"的自我意识所说的一切,是否可以不做重大变更,同样用来解释整个国家的禀性和整个种族的特点呢?在这方面不是同样有个性可言吗?

---

[①] 参见何塞·恩里克·罗多:《四海杂谈(普洛透斯诸主题)选译》,董燕生译,《外国文学》1989年第2期。

心理学家在我们每个人心灵最隐秘的深处所观察到的一切,难道不会在大范围的人群集团中再现吗?个人的自我意识是个活生生的综合体,既结构严密、和谐自然,又千差万别、丰富多彩。对于不同的人群集团来说,情况是否也相同呢?比如,有的民族具有强悍、浓烈的个性,被一种想法、一样的追求所统摄,从而对其他的事情一概视而不见,听而不闻,如同中邪入魔一样;而有的民族则是由千人千面的成员和谐而巧妙地组合起来的;还有的民族,内部有两种对立的倾向,不是消长交替,就是争斗不已,就象(像)生性怪癖的人一样,内心充满了矛盾和不安;另外一些民族四分五裂,支离破碎,由于每个成员各行其是而完全失去了民族特点,似乎她的个性已经分解消故(散);有的民族根本没有自己的个性,而是依附于别人的个性,因此,她不是盲目崇拜,便是无端恐惧,象(像)一个身不由己的傀儡;有的民族迷醉地沉湎于自己的过去,完全脱离了现实世界,就象(像)有人通过神奇的回忆,恢复了她前世的个性;有的民族,由于狂热、暴怒或者惊慌失措,从而学起醉汉模样,使自己面目全非;有的民族善于随着进步和发展改变个性,而有的则惯于因循守旧,故步自封;当然,还有些民族,在历史的某个转折点上,远远偏离了原先的轨道,就象(像)有的人,精神上受到严重挫折之后,变得判若两人……

**民族性**

如果在一代代人的延续过程中,某种遗传因素不仅在体貌上,而且在精神上顽强地表现出来,从而使得绵绵相袭的上、下几代人被一个崇高的意念联系起来,那么这个民族必然具有坚定和持久的个性。这种个性就是她的圣坛,她的法宝,她的活力,她的保障,是比称之为祖国的那块土地更为至关紧要的东西。正是由于有了这种个性,才使她成为世界民族之林中独一无二、必不可少的成员;她的与众不同之处恰恰是大自然给予她的恩赐,是无法转让给别人的,而且一旦失去,必将万劫不复,除非潜入民族性的最深层去挖掘,是无法使之重见天日的。这是因为,任何民族的心灵,不仅是由各种复杂的成分组合而成,还按照特有的节奏在博(搏)动。各种造物都有自己的节奏,绝不雷同,一旦两者之间这种难以言喻的关联断裂,就将永世不得重建。

保持和维护自己的个性,从来都是各国人民悲壮宏伟的理想。有的时候,民族性会隐匿甚至消失,并不是被另一个人数众多又坚强有力的民族同化或吞噬,而是本身蜷缩起来,被一个亦步亦趋、装腔作势的个性所掩盖。在这种时候,一举一动便失去了真诚与自然,变得矫揉造作,表里不一。举一个例子说,比方18世纪那样苍白单调的文明,就是模仿法国宫廷的结果。从而使得各国人民的独特性和民族传统遭到扼杀,在日常习俗、典章制度以及文学艺术各方面,刻板的模式取代了活生生的天性。幸好后来有些民族发出了觉醒的呐喊,而且受到了赫尔德[①]的关注,于是蛰伏多时的生命之汁又从土地里输向每棵树干,四面八方,复醒的心灵和憧憬开始在往昔的宝库中搜寻自己的根本了。

还有的时候,个性尚未形成,就象(像)一个孩子,他的性格不过是各种倾向的杂乱拼奏(凑)。然而,所有的民族都会有青春发育期的巨大冲动和追求某种信仰的迫切愿望,于是以前还

---

① 赫尔德(1744—1803),德国批评家、哲学家及路德派神学家,其著作有《散论集》及《人类历史哲学大纲》等。

不曾存在的个性便从此确立,并且长久保持下去。这方面突出的例子有两个,一是阿拉伯的各个游牧部落,她们是倾听了先知的呼喊之后,才一下子上升到令人刮目的历史地位,二是北欧混混(浑浑)噩噩的各个民族,由于路德①的号召,才震撼并且激发了她们,不仅使她们懵懂顿消,而且在这个世界上打下了深深的印记。

作为乌拉圭重要的哲学家和拉丁美洲青年一代的精神导师,罗多对于人性和民族性进行了深刻的解读,在《坚硬的荒原》中,罗多用冷酷无情的爸爸象征人的意志,三个可怜的孩子象征人的内脏、机能和力量、意志,而人恰恰是从他们的弱小中汲取力量,然后去征服世界。在《四海杂谈(普洛透斯诸主题)选译》中,罗多将个体的个性和群体的民族性联系在一起,认为不同的民族就像不同的人一样,带有着鲜明的民族性特点,他提出,真正有生命力的民族,可以不抛弃自己的个性,不数典忘祖,不背离传统,却同时不断改变自己的思想、感情和癖好,革新各种礼仪,与自己的过去格斗,以便脱离因袭,并鼓励拉丁美洲人民创造一个新世界,开辟一个新时代,构筑人类文明的新范式。罗多通过哲学和美学反思开创了文化的重新定位,并铭刻在这片土地的文化记忆中。

---

① 路德(1483—1546),16世纪欧洲宗教改革运动的发起者,基督教抗罗宗(新教)的创始人。

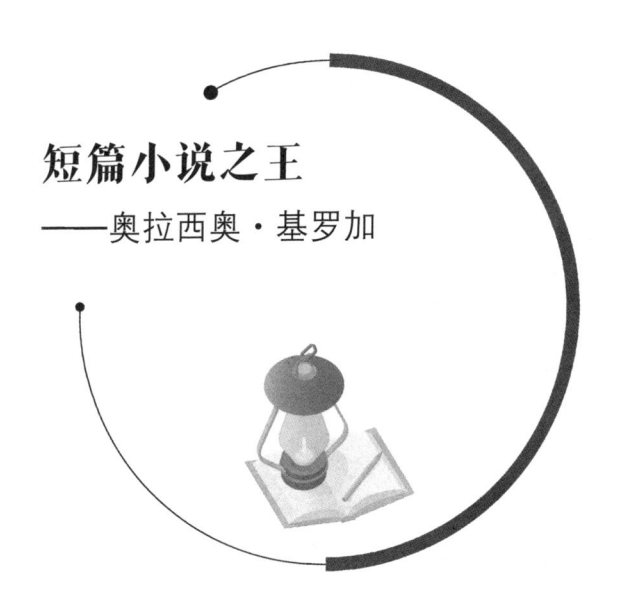

# 短篇小说之王
## ——奥拉西奥·基罗加

奥拉西奥·基罗加（Horacio Quiroga，1878—1937），乌拉圭小说家，被誉为"拉丁美洲短篇小说之王"。1878年12月31日，基罗加出生于乌拉圭萨尔托市，他的父亲普鲁登西奥·基罗加是阿根廷商人，母亲帕斯托拉·福尔特莎是家庭主妇，基罗加是四兄弟中最小的一个。1879年，基罗加的父亲摆弄猎枪走火，不幸将自己打死，为了寻找新的环境，母亲带着孩子们迁居到阿根廷，5年后才返回乌拉圭，其后，基罗加的母亲改嫁，全家搬至蒙得维的亚居住，基罗加的继父后因中风瘫痪而自杀身亡。1899年，基罗加创办了《萨尔托杂志》，然而半年后就被迫停刊。次年3月，基罗加离开了蒙得维的亚，前往巴黎寻梦，在梦想的文化大都市，他却遭遇冷眼、贫穷和孤独，4个月后郁郁寡欢地返回祖国。基罗加在《巴黎之行日记》中这样总结巴黎的生活，"说到巴黎，也许是个很好的地方，但是我却感到厌倦"。

1901年11月，基罗加的处女作、诗文集《珊瑚礁》出版发行，然而由于书中涉及过多的性爱内容及同性恋特征，并没有受到文学界的接纳。同年，他的哥哥普鲁登西奥和姐姐帕斯托拉先后患病死去。次年，因手枪走火，基罗加的文学好友费德里科·费兰多被基罗加打死。为了摆脱这个意外事故的阴影，基罗加移居阿根廷，之后长期居住在阿根廷的查科及米西翁内斯丛林，因此他大部分的优秀作品都是以丛林为背景。1905年，基罗加的短篇小说集《别人的罪行》出版发行，书中描绘的乱伦、色情受虐等也延续了其疯狂的主题。1908年,他的长篇小说《浑浊的爱情故事》出版。1909年,基罗加与他的女学生安娜·玛丽亚·西雷斯结婚,1911年,他们的女儿艾格莱出生,次年,他们的儿子达里奥出生。米西翁内斯丛林的生活是原始且艰难的,基罗加要自己割橡胶、修道路、烧砖头甚至制造消灭蚂蚁用的器具,但是他却很满足。1915年,他的妻子无法忍受长期的丛林生活及与丈夫之间关于孩子教育问题的矛盾,服毒自杀,八天后才痛苦去世。

1917年,基罗加最重要的短篇小说集《爱情、疯狂和死亡的故事》出版,也使得他在本国及拉美文坛赢得了盛誉,收录了《羽毛枕》《漂流》《被砍头的母鸡》等多篇家喻户晓的名篇。次年,其最具代表性的儿童故事集《大森林的故事》在阿根廷出版发行,收录在其中的知名儿童故事有《巨龟》《佛兰德人的长袜》《鳄鱼的战争》等。1925年,基罗加的短篇小说集《被砍头的母鸡》出版,同年,基罗加与一位名叫安娜·玛丽亚的年轻女子结婚,由于女方父母的阻挠,婚姻生活匆匆结束。这段故事被基罗加记录在长篇小说《过去的爱情》中。1927年,他与女儿的同学玛丽亚·艾莱娜结婚,当时基罗加49岁,妻子20岁。同年7月,他著名的《尽善尽美的短篇小说家十诫》发表。5年后,由于夫妻关系恶化,妻子带着孩子从米西翁内斯丛林返回布宜诺斯艾利斯。1935年,他最后一部短篇小说集《阴间》出版。1937年,得知患了前列腺癌后,2月19日,基罗加服毒自杀。

基罗加的文学创作大致分为四个阶段[①]:从1901年首部诗

---

① 该划分依据知名文学评论家埃米尔·罗德里格斯·莫内加尔的观点。

文集《珊瑚礁》的发表到1905年《别人的罪行》为其文学事业的初期;自1906年到《爱情、疯狂和死亡的故事》(1917)的发表为其创作的成熟期;1918—1926年短篇小说集《被放逐的人们》是基罗加创作的高潮期;其后是创作的衰退期,直至基罗加最后一部短篇小说集《阴间》的出版。

基罗加的创作生涯受到了多位作家的影响,如阿根廷诗人莱奥波尔多·卢贡内斯、俄罗斯作家陀思妥耶夫斯基等,但是如果说有哪位作家对基罗加产生了最深远的影响,毫无悬念,就是美国颓废主义作家爱伦·坡,正如基罗加所说:"在那个时期,爱伦·坡是我阅读的唯一作家。这个该死的疯子完全控制了我;我的书桌上没有一本书不是他的。"基罗加所热衷讲述的"古怪的昆虫""痴呆的儿子""墓地"等都是爱伦·坡所喜欢表现的主题。可以说,爱伦·坡几乎决定了基罗加的全部小说创作。他的《别人的罪行》就是爱伦·坡《一桶蒙特亚白葡萄酒》的翻版,而女主人公被枕头下的小虫子吸尽血身亡的《羽毛枕》,也与爱伦·坡《椭圆形照片》非常相似。以至于阿根廷文豪博尔赫斯曾无情地说基罗加写的短篇小说,爱伦·坡和吉卜林早就更好地写过了。然而,文学界更多的评论家认为,基罗加的作品,在纯粹的恐怖主义方面,超越了爱伦·坡的高度,将恐怖小说推向了极致。

然而在他们的那个时代,无论是爱伦·坡还是基罗加,都是不被时代所接受和理解的,他们表现的主题是死亡、恐惧、谋杀等,是令人害怕,充满压抑和痛苦的,他们站在美丽的对立面,阐释着生活的另外一种形式和可能。基罗加曾感慨道:"在文学方面,我和爱伦·坡一起走过偏僻的小路。"

基罗加的一生多次经历家人和朋友的意外死亡，可谓一生命途多舛，然而这样一位经历坎坷的作家，并没有被命运所打败，反而在文学上取得了巨大的成就，而一生缠绕他的死亡，也没有使他屈服，在他的名篇《死去的人》中，他曾表达了对死亡的理解和态度，没有逃避，也没有无奈，而是坦然面对，告诫人们要珍惜此生，结合作家的苦难经历，实属难能可贵。

死亡。在生命的流逝中，人们多次想到，经过无数准备性的年、月、星期和时日，总有一天会轮到我们走到死亡的门口。这是必须接受的和可以预见到的不可避免的法则。我们过于经常地让自己愉快地想象到那个时刻，其中尤其想象到咽下最后一口气的那个时刻。但是在现在和咽气之间这段时间里，在我们还活着的时候，我们可能会有什么样的梦想、焦虑、希望和不幸事件！在从人生舞台上消失之前，我们还要思考如何保存这个生气勃勃的生命！我们离死亡和许多意外事故是如此遥远，我们仍然要活下去！这就是我们在议论死亡问题时还能感到安慰、快乐和理智的原因。

## 原著片段赏析

### 《羽毛枕》[①]

阿利西亚的蜜月过得像一场漫长的寒热病。她是一个胆怯

---

[①] 参见奥拉西奥·基罗加：《爱情、疯狂和死亡的故事》，朱景冬译，浙江文艺出版社 2015 年版。

的、像天使一般美丽的金发女郎。她丈夫豪尔丹的冷漠性格打破了她当上新娘时的天真美梦。

　　三个月来——他们是在四月份结婚的,他们一直过着这种特殊的幸福生活。毫无疑问,阿利西亚多么希望在他们那僵硬的爱情小天地里能少一些严峻冷酷,多一些坦诚善良的柔情啊!但是,她丈夫那副冷酷无情的面孔总是使她的愿望落空。

　　他的住所也让阿利西亚的恐惧不安不断加深。悄无声息的院子里——墙壁、圆柱和大理石雕像——到处一片白色,给人一种空荡荡的宫殿里的秋天之感。住宅内部,高墙上连一条最浅的沟痕都没有,墙壁上的白灰闪着寒光,进一步加强了那种令人不快的冷飕飕的感觉。

　　在这个古怪的爱巢里,阿利西亚度过了整个秋天。尽管她永远不再提起昔日的梦想,可是她仍然生活在这幢可恨的房子里。她每天什么都不想,直到她丈夫回来。

　　她一天天消瘦,这并不奇怪。她患了一种轻微的流行性感冒。这种病一天天在她身上悄悄地发展着;它使阿利西亚一直不能康复。

　　这是阿利西亚能够起床的最后一天。第二天早晨,她就陷入了昏迷状态。

　　在临街的门口,医生低声对豪尔丹说:"我也不知道是怎么回事,现在她的身体极度虚弱,我不清楚是何原因。她既不呕吐,也不……如果明天她还像今天这样醒来,你马上来叫我。"

第三天,阿利西亚的病情仍然很重。医生们进行了会诊,明显看出她是患了急性贫血症。但是病因仍然完全不明。阿利西亚没有再晕厥,不过明显地面临死亡的威胁。卧室里整天亮着灯,笼罩着一片寂静,连续几个小时都听不到一点声音。

突然,阿利西亚产生了幻觉,最初似乎恍恍惚惚,飘浮在空中,随后便落在地面上。她两眼睁得大大的,紧紧地盯着床靠背两边的地毯。一天夜里,她突然两眼盯着一个地方,过了一会儿又张开嘴,想叫喊什么,鼻子和嘴唇上渗出了一颗颗晶莹的汗珠。

在阿利西亚挥之不去的幻觉中,有一只类人猿用手指撑着趴在地毯上,眼睛直盯着她。

医生们回来看她,发现她已无法救治。躺在他们面前的是一个正在枯竭的生命。她的血一天又一天,一小时又一小时地消耗着,始终不知道原因何在。在最后一次会诊中,阿利西亚仍然躺在床上昏迷不醒。医生们一个接一个在她那毫无生气的手腕上把脉。

她的头几乎不能转动,不愿意让别人碰她的床,也不愿意让别人整理她的枕头。她那种对身体不断衰竭的恐惧感愈来愈强烈,总觉得有什么怪物爬到床前,正费力地顺着床单往床上爬。后来,她就失去了知觉。最后两天她一直低声说胡话。卧室和客厅里的灯依然凄惨地亮着。

阿利西亚终于死了。后来,当女仆走进房间拆掉空空的床铺时,她惊讶地察看了一会儿阿利西亚的枕头……在枕芯的羽毛中间,有一只怪异的小生物,一个有生命的、黏糊糊的小球,慢慢地活动着毛茸茸的小腿,它吃得圆鼓鼓的,肥得连嘴都看不清了。

原来从阿利西亚病倒那天起,它就一夜又一夜偷偷地把它的嘴,更确切地说,是把它的吸管叮在阿利西亚的太阳穴上,不停地吸她的血。这种吮吸几乎感觉不到。毫无疑问,最初由于每天移动枕头而妨碍了它的生长;但自从阿利西亚病倒不能动以后,它吸血的速度就加快了。经过五天五夜,阿利西亚的血就被它吸干了。

这种在鸟类身上生长的寄生虫,在一般情况下是很微小的。但在某些条件下,它会长得很大。人血对它们的生长似乎特别有利,所以在羽毛枕里发现它们也就不足为奇了。

死亡,是众多拉美作家青睐的主题,而对于基罗加来说,更像是死亡选择了他,而非他选择了这个沉重的主题。"他自己的一生就曾目睹不少亲人朋友以不同的方式死亡:幼年时,他父亲普鲁登西奥·基罗加打猎时猎枪走火,把自己打死;18岁时,他的继父脑出血瘫痪不能忍受疾病的痛苦,结果自杀;23岁时,他的哥哥普鲁登西奥和姐姐帕斯托拉先后患病死去;

24岁时,他的朋友和文学活动的伙伴费德里科·费兰多因手枪走火而毙命;大约37岁时,他的结发妻子安娜·玛丽亚·西雷斯自杀身亡;59岁时,他患了癌症,不堪忍受病痛,服毒自杀。"①

在经历了如此多的厄运之后,死亡的残酷无情甚至恐怖,也常常出现在基罗加的短篇小说中。在《羽毛枕》一文中,作者运用现实主义的手法,讲述了一个年轻的妻子患了一种怪病而最终死亡的离奇故事。小说的开头,作者把女主角的蜜月比喻为一场"漫长的寒热病",奠定了全文压抑的基调,她的住宅如"空荡荡的宫殿里的秋天",加上她与丈夫之间缺乏激情与表达的冷漠关系,使得悲剧在开始之前仿佛就已经危机四伏。年轻的妻子在短短的几天内,就像被人抽干了血液一样离奇去世,直到女仆整理她的枕头,发现了在枕芯中间一个"黏糊糊的小球",五天五夜就吸干了年轻女人的血,而这个小怪物,"吃得圆鼓鼓的,肥得连嘴都看不清了"。离奇的故事,离奇的死因,而基罗加却以一个科学家的口吻来讲述这个恐怖残酷的故事。"这种在鸟类身上生长的寄生虫,在一般情况下是很微小的。但在某些条件下,它会长得很大。人血对它们的生长似乎特别有利,所以在羽毛枕里发现它们也就不足为奇了。"一个"不足为奇",把离奇的故事看为平常,同时恐惧也随之蔓延至每一个读者,既然"不足为奇",那出现在任何人的生活中也都是"不足为奇"了。

---

① 朱景冬,《拉丁美洲短篇小说之父:奥拉西奥·基罗加》,社会科学文献出版社2012年版,第196页。

## 《钻石饰针》[①]

卡希姆是个身体虚弱、容易得病的人,虽然自己没有首饰店,他却是个专业的首饰匠。他的专长是镶宝石,为某些大商户加工首饰。论精致的镶嵌活儿,很少有人能达到他那种水平。倘若他有更大的勇气,经营本领再高些的话,也许他早就成富翁了。但是直到35岁,他仍然待在他那个改装成作坊的房间里,在窗前干活。

卡希姆身材瘦小,没有血色的脸上长着稀疏的黑胡子。他却有一个容貌出众、风骚多情的女人。这个一度流落街头的年轻女子,曾经依仗自己的姿色,想嫁给一个门第高些的男人。她总是用自己的身段挑逗男人,激怒她的女邻居,直到20岁,才终于怯怯地、心神不定地接受了卡希姆的求婚。

卡希姆把挣来的钱悉数给了她。为了向她多奉献一点收入,他连星期天也干活。当他的妻子玛丽亚想要一件首饰时——她多么强烈地渴望得到它!——他便连夜地工作。结果,卡希姆累得咳嗽不止,胸口灼痛,玛丽亚身上却闪着钻石般的光彩。由于天天和钻石接触,她也渐渐爱上了首饰匠的工作,着迷地注视着镶钻石这种亲切而细致的活计。但是,首饰一旦加工完毕,它就得物归原主,因为它不属于她,这时她对自己婚姻的悔恨心情就进一步加重。玛丽亚站在镜子前,戴着项链左顾右看,但是她最后还是不得不把项链取下,放回原处,回她的房间去。卡希姆听到了她的哭泣声,于是站起身,发现她趴在床

---

[①] 参见奥拉西奥·基罗加:《爱情、疯狂和死亡的故事》,朱景冬译,浙江文艺出版社2015年版。

上,不肯听他说话。

"可是,为了你,我已经做了最大的努力了。"他最后痛苦地说。

听到他这么说,玛丽亚哭泣得更厉害了。没有办法,卡希姆只得慢慢地走回他的工作室。

这样的事情已经发生过多次,卡希姆不再起身去安慰她。安慰她!有啥用呢?不过,这并不妨碍卡希姆延长夜间加班的时间,他必须赚得更多的收入。

后来,有人要卡希姆在一枚首饰上镶一颗钻石,这是他经手镶过的最令人叹绝的钻石。

她猛地把宝石扔过去,宝石在地板上滚着。

"哼,干吗这么看着我?难道我把你的宝贝摔坏了?"

"没摔坏。"说完,卡希姆又接着干活儿去了。但是他的双手直发抖,样子十分可怜。

卧室里灯光暗淡。卡希姆的面孔突然变得像石头那么硬。他拿起饰针,在她赤裸的胸脯上立了片刻,然后像插一颗钉子似的,用力把胸针狠狠地刺进了他妻子的心脏。

玛丽亚猛然睁开了眼睛,接着又慢慢地合上了眼皮,她的手指痉挛地抽成弓形,接着就再也不动弹了。

饰针在伤口的痉挛下猛烈摇晃着,有一瞬间失去了平衡。卡希姆等了片刻,知道饰针终于插在那里一动不动,他才轻轻地关上门,离开了卧室。

《钻石饰针》收录在基罗加的短篇小说集《爱情、疯狂和死亡的故事》中,也是该小说集中数一数二的优秀作品。"卡希姆是个身体虚弱、容易得病的人,虽然自己没有首饰店,他却是个专业的首饰匠。"这样一个老实巴交的手艺人,妻子容貌俊美,但却是他痛苦的根源,妻子爱慕虚荣,对丈夫百般不满。"你,亏你还是个男子汉呢!""幸福!你还有脸说这个!谁跟你在一起能幸福……整个天底下没有一个女人……你这个倒霉鬼!"首饰一旦做完,年轻的妻子常常会立刻戴上,在镜子前照来照去,但是马上又想到自己永远也不会拥有这些昂贵的钻石珠宝,便又开始了对丈夫的冷嘲热讽,抱怨他连一件像样的衣服都没有给自己买过。通过简短的人物对话,基罗加就揭示了夫妻之间尖锐的矛盾,虽然丈夫总是逆来顺受,作者也未对其心理活动进行过多的剖析描述,但是妻子尖酸刻薄的语言却使得包括读者在内的群体对她产生厌恶之情,也为她的悲剧埋下了伏笔。

直到有一天,手艺人接到了一个活儿,是一颗光芒四射的钻石,"它值九千或上万比索""在镶嵌这颗钻石的时候,他勤劳的后背上感觉到了妻子那种强烈的怨恨和失望的心情,她一天上十次打断丈夫的活儿,拿走宝石跑到镜子前,然后配着各种不同的衣服试了又试。"而正是这颗璀璨夺目的钻石,使得年轻的妻子完全失去了理智,甚至要求手艺人和她一起为了这个钻石逃走,之后就如发疯一样歇斯底里地又吵又叫。当天夜晚,一生老实巴交的手艺人,在凌晨2点完成了他的工作,"那颗钻石被牢牢地镶在饰针上,闪闪发光",然而这一切就好像是暴风雨来临前的平静和安详,让人觉得不安,手艺人缓缓走进卧室,拿起饰针,用力把胸针狠狠刺进了妻子的胸膛。年轻女人所钟爱的钻石,最终永远留在她的胸前。然而小说却没有在这里结束,轻描淡写的一句"他才轻轻关上门,离开了卧室",把刚刚结束的血腥杀人现场迅速转变为一片平静,仿佛什么都没有发生过。

## 《被砍头的母鸡》[①]

马基尼·费拉斯夫妇的四个傻儿子整天坐在院子里的一条长凳上,舌头伸在嘴外,眼睛傻呆呆的,张着大嘴转动着脑袋。

院子里的地是泥土地,靠西边有一道砖围墙。长凳就和这道围墙平行,相距有五米远。他们坐在那里一动不动,眼睛紧紧地盯着围墙的砖头。看到太阳西沉、渐渐隐没到山后,这些傻孩子快活极了。最初,耀眼的阳光吸引着他们的注意力,渐渐地,他们的眼睛有了生气,他们终于哈哈大笑起来。望着太阳,他们像野兽见到食物那么快乐。

但是,马基尼和贝尔塔对四个孩子的深切怜爱压倒了他们的巨大痛苦。他们必须摆脱无比顽固的兽性的左右,这不仅是在拯救他们的灵魂,也是在赎回他们所失去的人的天性。四个孩子不知道吞咽食物和换地方,甚至连坐都不会。后来他们倒是学会了走路,但是由于不会躲避障碍物,他们总是撞在东西上。给他们洗脸的时候,他们总是大吼大叫,直叫得面孔通红通

---

[①] 参见奥拉西奥·基罗加:《爱情、疯狂和死亡的故事》,朱景冬译,浙江文艺出版社2015年版。

红的。只有吃东西时,或者看到鲜艳的色彩、听到雷鸣时,他们才会振奋起来。笑的时候,他们总是把舌头伸到嘴外,口水流成小河,表现出一种兽性的疯狂。

不过,在不可避免的和解中,由于对再生一个孩子的无比激动和渴望,两个人的心紧紧地联结在一起。就这样,一个女孩便降生了。他们提心吊胆,痛苦地熬过了两年,时刻准备承受另一次灾难。

然而,什么也没有发生。父母把他们的全部喜悦都放在了女儿身上,而这个小女孩娇生惯养,缺乏教养到了极点。

十点钟,他们决定吃完午饭后出去走一走。由于时间来不及了,他们便吩咐女佣人杀一只母鸡。

天气炙热,迫使四个傻孩子离开了长凳。所以当那个女佣人在厨房里把母鸡的头砍下,慢慢地把血放干(这是贝尔塔从母亲那里学来的可以使鸡肉保持鲜嫩的好办法)的时候,她感到身后好像有喘息的声音。她回过头去,看到四个傻孩子正肩挨着肩,惊讶地瞧着她杀鸡。红的……红的……

"太太!孩子们到厨房来了。"

午饭后,大家都出门了。女佣人去了布宜诺斯艾利斯,夫妻二人到别墅区散步,直到太阳落下的时候才往回走;但是贝尔塔还要花一会儿工夫去问候一下对面的邻居,然后他们才能回家。这时,他们的小女儿立刻跑出了屋子。

在这段时间里,四个傻孩子一直坐在长凳上一动也不动。

太阳开始下沉,已经落到围墙后面。他们仍然盯着砖墙,比任何时候都更显呆滞。

突然,有什么东西出现在他们的视线和围墙之间。那是他们的小妹妹,五个小时没有和爸妈在一起,她感到厌烦了,想亲自出来看看。

"妈妈!哎,妈妈!妈妈,爸爸!"她大哭起来。她仍然想扒住墙头,但是觉得被人用力往下拉,便跌了下来。"妈妈!哎,妈……"她再也喊不出来了。其中一个傻孩子掐住她的脖子,把她的卷发像鸡毛一样往下拔。其他几个孩子抓住她的一条腿,把她拖进那天早晨杀过鸡的厨房。接着,他们把她紧紧地按住,一秒钟一秒钟地剥夺她的生命。

"我的女儿!我的女儿!"他绝望地跑到院子的尽头。但经过厨房门口的时候,他看到地上有一汪鲜血。他猛地推开虚掩着的门,发出一声恐怖的叫喊。

《被砍头的母鸡》作为基罗加短篇集《爱情、疯狂和死亡的故事》中的名篇,这个浸透着死亡黏液与暴力腥气的故事,向读者展示着人性异化的恐怖图景。马基尼与贝尔塔的婚姻孕育出五个畸形的果实,前四个孩子如同遭受诅咒,不满两岁便突发癫痫性痉挛,最终蜕化为四个傻孩子。他们终日呆坐庭院,空洞瞳孔里倒映着混沌,却暗藏野兽般的模仿本能。当第五个孩子——健康的小女儿降临时,父母将全部温情灌注在她的身上,而对四个傻孩子简单粗暴,仿佛在饲养四头牲畜。这种爱的剥夺逐渐发酵,最终酿成血色惨剧。

基罗加用朴实的文字写出血腥的预兆,女佣宰杀母鸡的场景成了暴力启蒙的仪式,四个痴儿呆滞的目光追随着鸡颈喷溅的鲜血,某种蒙昧的本能在瞳孔深处被唤醒。在父母离家的五小时,被宠溺浇灌的幼女爬上围墙的瞬间,四个傻孩子突然启动了他们唯一的机能——复刻暴力。这场手足相残的杀戮没有癫狂的嘶吼,只有机械性的模仿。

小说中流淌着双重暴力的毒液,父母以文明之名施加的情感暴力与痴儿们以兽性为名的肉体暴力互为镜像。马基尼夫妇从相互慰藉到恶语相向的堕落轨迹,暴露出人性中卑劣的推诿本能,他们将子女的悲剧转化为互相攻讦的武器,又在深夜以亲热的媾和完成畸形的和解。当幼女的鲜血浸透庭院土壤时,读者终于看清这个死亡寓言的隐喻——所谓文明家庭,不过是包裹在伦理糖衣下的弱肉强食法则,那些被冠以"痴傻"之名的孩子,或许才是撕破人性伪装的终极解构者。

## 儿童故事集

### 《大乌龟》[1]

就这样,一天一天地过去了,猎人不知道是谁在给他东西

---

[1] 参见奥拉西奥·基罗加:《大乌龟》,非琴译,河北教育出版社 2020 年版。

吃。一天他醒来，向四周一瞧，只有他一个人，因为那儿除了他和乌龟，谁也没有，而乌龟是动物。他又大声说："就我一个人在树林里啊，又要发烧了，我要死在这儿了。只有回到布宜诺斯艾利斯，才有办法治好我的病啊，我这一生是去不了了，我要死在这儿了。"真的像他说的那样，那天下午又发了高烧，比以前烧得更厉害，他又昏了过去。这次，乌龟又听到他说的话，就对自己说："要是他待在山里，没有办法医治就得死，我必须把他带到布宜诺斯艾利斯去。"

说完，他折了几根像绳索那样的又好又结实的藤，小心地把他放在背上，再用藤把他绑牢，使他掉不下来；又试了几次，想把猎枪、兽皮和装蛇的葫芦放好，最后，一切都照他的意思做好了，一点儿也没有惊动猎人。于是就上路了。乌龟就这样驮着东西，白天黑夜地走啊，走啊，走啊。一路上一直背着那个快要咽气的人，翻过山巅，穿过田野，游过几条很宽的河，过了好几个泥塘，几乎陷在里面。每走八个或十个小时之后，就停下来，解开藤条，很小心地把人放在有干草的地方。虽然他累得直想睡觉，还是马上去找水和鲜嫩的草根给病人吃，自己也吃。有时候，他不得不在太阳暴晒下赶路，因为是夏天，猎人发烧直说胡话，渴得要命，时时刻刻叫着："水啊，水啊！"乌龟不得不一次次给他弄水喝。这样，乌龟一天一天地走着，一星期一星期地走着，越来越接近布宜诺斯艾利斯，尽管他毫无怨言，却逐渐衰弱下去，力气愈来愈小。有时他四脚一伸躺下去，一点儿力气也没有，那个人稍微恢复知觉，便大声说："我要死了，我的病越来越重，只有在布宜诺斯艾利斯才能治好。唉，我要死了，孤单单地死在山里。"

他什么也不知道,还一直以为在窝棚里呢,这时候乌龟便站起来,继续赶路。

这一天傍晚,可怜的乌龟支持不住了,已经精疲力尽,再也不能走了。为了尽快到达布宜诺斯艾利斯,一个星期什么也没有吃,他再也没有力气了。天全黑了,他看到天边有亮光闪闪烁烁,却不知道那是什么。他愈来愈觉得软瘫无力了,便闭上眼睛要跟那个猎人死在一起,他心里痛苦地想着没有能够救活待他非常好的人。

其实已经到了布宜诺斯艾利斯,他却不知道。他看到的天边的亮光,正是城里的灯火,正当这英勇的旅程快要结束的时候,却要死去了!

《大乌龟》讲述了有一个布宜诺斯艾利斯人原本过着健康快乐的生活,突如其来的疾病让他措手不及,医生劝他去乡下疗养,可他要抚养几个弟弟,不愿意离开,结果病情越来越重。他的一个好朋友是动物园的管理员,劝他去山上住些日子,自己可以来抚养这几个弟弟,让这个布宜诺斯艾利斯人养病之余打猎带回兽皮来给自己作为工价即可。这个人就去了山里,一个人吃住,过着简单快乐的山林生活,身体也渐渐好了起来,还积攒了一捆兽皮,活捉了很多毒蛇,放在一个随身的大葫芦里。有一次,他两天什么猎物也没有打着,饿得发慌,看到湖岸上有一只大老虎想吃乌龟,老虎突然看到他就向他扑来,猎人瞄准老虎的头打碎了它的脑壳,他把老虎皮剥了下来,本要打算吃鲜美的乌龟肉,但当他看到受伤的乌龟,脑袋支在脖子上直晃荡,几乎只剩下两三根筋连着,就可怜这只乌龟,把它用绳子拖到窝棚,为它包扎并每天去照顾它。乌龟终于好了,但这个猎人却病了,而且病得很重,乌龟为了报答他,就找到水和鲜草喂给猎人吃,猎人每天发高烧,也不知道是谁给他的食物。有一天,猎人醒来,发现林子里只有自己和乌龟,就喊道要回布宜诺斯艾利斯才能治好自己的病,接着就又发高烧昏睡过去。乌龟决定把这个猎人带到布宜诺斯艾利斯去,它用结实的藤条把猎人绑在自己的背上,甚至还带上了他的猎枪、兽皮和装蛇的葫芦,丝毫没有惊动猎人就这样上路了。他们一路走得非常艰难,乌龟不停地爬着,还要给猎人找水和食物,每走八个或十个小时就停下来解开藤条放猎人到有干草的地方休息,就这样乌龟一天天走着,越来越接近布宜诺斯艾利斯,可它的力气也愈来愈小,但它却依旧坚持不断地朝着布宜诺斯艾利斯的方向前进。一天傍晚,就在乌龟快要精疲力竭的时候,一只城里的耗子告诉乌龟,他们已经到了布宜诺斯艾利斯了。乌龟听完重新获得了力气。第二天,动物园的管理员发现了一只乌龟,瘦骨嶙峋,背上还绑着他的朋友,便很快去寻找药品,治好了猎人。当猎人知道是乌龟救了自己,非常感动,乌龟也被动物管理员留在了动物园里,得到悉心的照顾。

基罗加的文学世界中,貌似被疯狂和死亡占据,然而就是这样一位命途多舛,以死亡恐怖小说为专长的作家,却同时是拉美儿童文学的先驱,从他第一本儿童故事集《丛林来信》到1918年他特意为他的孩子及拉普拉塔河流域的儿童所写的最具代表性的《大森林的故事》,一个个优美生动的故事,都是这个作家留给拉美儿童，乃至全世界儿童的宝贵财富。从基罗加的笔端流淌出的是真善美，是他精心为孩子们设计过的美好故事，也传递着这个作家对生活的热爱，对美善的追求。

《丛林来信》共有七个故事，分别是《猎虎》《猎九带犰狳》《猎鳄鱼》《猎响尾蛇》《猎狐鹿崽》《猎小狐狸》《猎臭鼬》，作家的目的不是教孩子们如何打猎，而是将动物、地理、风俗融于诙谐幽默的故事中，寓教于乐。比如在《猎狐鹿崽》和《猎臭鼬》中，提醒孩子们要爱护动物，在《猎响尾蛇》中介绍了关于响尾蛇的知识，在《猎鳄鱼》中，还向孩子们讲到了印第安人的生活习俗，如给牲口打烙印、用火镰打火、披斗篷灯。①

《大森林的故事》出版于1918年，该故事集被翻译为多种文字，在世界各地的儿童中广受欢迎。大多数的故事以动物为主角，把孩子们带入一个动物王国。各种各样的动物开口说话，鳄鱼、乌龟、鹦鹉、蜜蜂等，都向孩子们讲述着一个个生动的故事。基罗加曾多年生活在丛林，有着和动物们同居的独特经历，此外，在写作之前，作者都会把这些故事口述给孩子们，看他们是否可以理解接受。这本故事集收录了很多家喻户晓的故事，比如《懒惰的小蜜蜂》讲述了一个起初懒惰的小蜜蜂因为不爱劳动而被赶出了蜂巢，在外面流浪的生活使它感到孤独和离开群体的危险，最终幡然醒悟，回到蜂房变成了一只勤劳采蜜的小蜜蜂；《失明的扁角鹿》讲述了扁角鹿感激那个救了它的鹿崽的猎人……

---

① 朱景东：《拉丁美洲短篇小说之父：奥拉西奥·基罗加》，社会科学文献出版社2012年版，第135页。

基罗加一生遭遇了很多的不幸,甚至最终也是选择用自杀来结束自己的生命,然而他所留下的儿童故事,在他众多的优秀作品当中,仿佛是一颗散发独特光芒的宝石,见证了基罗加对儿童的热爱,对美善的渴慕。

# 魔幻现实主义大师
## ——胡安·卡洛斯·奥内蒂

胡安·卡洛斯·奥内蒂(Juan Carlos Onetti,1909—1994),乌拉圭当代著名小说家,是"四五一代"的中坚人物,被誉为"魔幻现实主义的大师""拉丁美洲现代小说创始者"。文学大爆炸时期拉美作家四大主将之一胡利奥·科塔萨尔称他为"南美洲最伟大的小说家",同为四大主将之一的墨西哥著名小说家卡洛斯·富恩特斯这样评价奥内蒂,"奥内蒂的长篇小说和短篇小说是我们现代派文学的基石。在叙事的智慧和对文学想象的挚爱方面,他给我们所有人上了一课"。

1909年7月1日,奥内蒂出生在蒙得维的亚的一个中产阶级家庭。由于生活所迫,中学没有毕业就开始谋生,在投身文学事业前,从事过多种职业,如售票员、工人及编辑等。1930年,奥内蒂来到阿根廷的布宜诺斯艾利斯,开始写一些随笔、影评文章。1935年,布宜诺斯艾利斯《国家报》刊登了他的小说《障碍》,从此奥内蒂开始了自己的文学生涯。1939年,他在乌拉圭《前进》周刊工作,年底出版了他个人的第一部长篇小说《井》,该小说也被认为是拉美现代小说的开始,略萨甚至把小说出版的这一年定义为拉美"爆炸文学"的源头。[①]

此后的七年中,奥内蒂在路透社驻蒙得维的亚和布宜诺斯艾利斯分社工作,1957年返回乌拉圭,负责一家出版社并担任

---

[①] Llosa, Mario Vargas, Revista Universidad de Mxico, Vol. XXIII, nUm. IO, Mxico, jun., 1969, pp.26-36.

蒙得维的亚图书馆馆长。20世纪五六十年代是奥内蒂创作的高峰期,从《短暂的生命》(1950)开始,以虚构城市圣马利亚为背景的小说相继问世:《生离死别》(1954)、《为了一个无名的坟丘》(1959)、《不幸的嘴脸》(1960)、《造船厂》(1961)、《像她那么悲哀》(1963)、《收尸人》(1965),这些作品都被视为拉美"文学爆炸"时期的重要作品。可以说,奥内蒂开创了拉普拉塔河地区文学,圣马利亚这座虚构的城市,也成为一个经典,成了拉美都市文学的标志,而那个城市里被岁月和现实摧残的浑浑噩噩的男人和浑身散发着庸俗气息的女人及永远看不到希望的孩子,仿佛一个个痛苦而深刻的印记,记录着拉普拉塔河都市中的下层灵魂。

1974年,奥内蒂作为评委会一员,投票赞成一篇《反叛者》的文章,政府则以其中包含"色情暴力章节"为由,将其抓捕入狱。奥内蒂无法忍受侮辱,甚至想要用自杀来解脱。迫于博尔赫斯、奥克塔维奥·帕斯等拉美著名文人的抗议,乌拉圭当局后将奥内蒂转送到一家精神病疗养院。次年,受西班牙文化学院的邀请,奥内蒂来到马德里并开始定居。在这座欧洲城市,他取得了巨大的文学成就,1976年,因《造船厂》获得意大利的拉丁美洲研究院文学奖,1979年出版的《倾听清风诉说》获得西班牙文学评论奖。奥内蒂的作品,"以其独创性和表现力见长,充满了痛苦和抗议的呼声",1980年,获得第五届塞万提斯奖,并被推举为诺贝尔文学奖候选人。

五年后,乌拉圭结束了独裁统治,虽然当局领导邀请奥内蒂回国,但是为了避免自己记忆中的故乡被现实玷污,奥内蒂婉言拒绝了这个邀请,直至辞世,一直定居在马德里。晚年的奥内蒂不像年轻时那样孤僻冷漠,而常常接待来自各地的访客,虽然对写作的热情已经褪去,但是他仍然花很多时间读书。1993年,他发表了最后一部小说《无关紧要时》,这部作品也被认为是奥内蒂的"遗嘱"。1994年5月29日,奥内蒂久卧病榻后因肝病医治无效,在马德里去世,终年85岁。

奥内蒂被认为是拉美城市小说的创始人之一,他主张的城市题材小说,是时代变化给文学提供的新素材。"一战"期间,欧洲国家忙于战事,放松了对拉美殖民地的控制,而其战时对物资的巨大需求,又给拉美民族经济的发展带来了前所未有的机遇。拉普拉塔河地区也在该时期实现了初步的工业化,城市的大量出现,外国移民和破产农民纷纷拥入大城市,城市结构也发生着巨大的变化。与此同时,新的社会规则和观念尚未建立,旧的封建社会结构和道德观念尚未瓦解,出现了新旧的对立和矛盾。奥内蒂先知先觉,以城市为背景,并且深入城市内部,关注生活在其中的人物对城市的感受。他的作品所关注的都是繁华都市中苟且生存的下层人民,故事的主角似乎都是坎坷不幸、找不到生活的出路、值得同情的人,或挣扎在贫穷中、内心的孤独中,或偶尔有想要对现实做出改变,但最终清一色都是以悲剧而收场,令人慨叹。他的作品不仅是对当时病态的拉美社会的揭露,也是作者自身生活感受的真实表达。

奥内蒂的作品多选景于城市的公寓、办公室等狭小的空间,他对传统小说的内容和形式进行了革新,他的小说世界视角独特,没有明显的时空线索,也没有跌宕起伏的情节,他的小说,可以说是"向想象和虚幻旅行",给读者无限的想象和推测空间,他也被认为是拉丁美洲第一个用幻想和虚构的手段来探求人类内心世界的作家。奥内蒂注重人物心理剖析,对人物的孤独苦闷描写得非常深刻,所渲染出的痛苦、窒息而惆怅的氛围,似乎成了作家独特的情绪世界。奥内蒂曾说过:"艺术家有孤独的生活和深入自己内心的能力,而内心才是最真实的地方,是能产生艺术的源泉地。"奥内蒂生活阅历丰富,中学没有念完就开始进入社会谋生,深知中下层人民生活的不易,也目睹了城市底层的芸芸众生。奥内蒂的成功之处在于他把别具一格的写作手法融入自己真实的生活经历中,对现实和人性的揭露入木三分。对于人物孤独压抑、彷徨迷茫甚至病态的心理描写,常常使人感到如鲠在喉。很多人认为他的作品是深奥难懂的,甚至有的时候像是误入了一个没有尽头的迷宫,也有人认为读奥内蒂的作品仿佛身陷黏稠的泥淖,不能前进也不能后退,然而一旦明白其中的构思和奥秘,又会获得极高的阅读享受。

秘鲁作家布里塞·埃切尼克在其《文学大师奥内蒂》中这样评价奥内蒂的作品,"奥内蒂的作品令人伤心,让人落泪,忧郁伤感,叫人难受。他的作品里没有环境气氛,没有景物,没有地理知识。书中的一切都从人物的心灵里产生,都来自极其明显的淫秽的痛苦。奥内蒂的人物在一个空荡的、没有过去、没有历史、没有未来的地方游荡"。[1] 作家使用怪诞的虚构幻想手法,同时以现实为基础,揭示了一个悲惨的事实,就是人们无论是在

---

[1] 布里塞·埃切尼克:《文学大师奥内蒂》,朱景冬译,《译林》2005年第2期。

真实的世界,还是在虚假的幻想世界,都不能找到生存的意义和价值。

## 原著片段赏析

### 《造船厂》①

五年前,省长决定把拉尔森(又称"收尸人")逐出该省的时候,有人信口戏言,拉尔森将会重返故里,以延续那百日王朝,这王朝曾是我们城志上众说纷纭、激动人心的一页——虽则现在几乎已被人忘却了。听到这一戏言的人为数不多,而且可以肯定的是,因受挫而抱病、又被警察押解着的拉尔森本人,也立时就忘掉了这一戏言,他已放弃了回到本城来的任何希望。

但是不管怎么样,自那句戏言说过五年之后,拉尔森在一天上午从科隆城开来的公共汽车上走了下来。他把手提箱放在地上,拽拽绸衫的袖口,然后提起箱子,缓步而踌躇地向圣玛利亚城走去。这时雨过初晴。他似乎更胖、更矮了,他的模样已难以辨认,好像已被驯服了。

是巧合,当然是巧合,因为拉尔森不可能知道造船厂的事。圣玛利亚市全体居民中,只有巴斯克斯——那个送报工人才可能同意在拉尔森被流放的五年中给他写信,但是不知道巴斯克斯是否会写字,更何况令人难以置信的是倒闭的造船厂、赫雷米

---

① 参见胡安·卡洛斯·奥内蒂:《造船厂》,赵德明、王治权译,人民文学出版社2010年版。

亚斯·佩特鲁斯的兴衰、有大理石雕像的大房子和呆傻姑娘等，会是由弗罗依兰·巴斯克斯发出的任何信函中的话题：不，也许不是巧合而是命运的安排。为命运所驱使的嗅觉和知觉，把拉尔森带回圣玛利亚市，原来他纯粹为了满足报复心理，故意在他仇恨的这座城市的大街小巷和公共场所抛头露面，后来命运却把他带到了那座饰有大理石雕像和滴灌龙头的杂草丛生的大房子跟前，带到了造船厂乱如麻团的电缆堆跟前。

"呸！地地道道的肮脏不堪的穷乡僻壤。"拉尔森啐了一口，随即又笑了一下。他站在沙滩嘴的岬角里，显得肥胖、矮小，不知何去何从。他诅咒他在圣玛利亚市度过的那些个年头，诅咒他的获释归来，诅咒那铅块似的低低的乌云，诅咒那倒霉的命运。

拉尔森又看了看等着佩特鲁斯发话的两个汉子那一动不动、满含敌意和讥诮的脸，心想：抵抗和回击仇恨，可以是人生的一种意义，一种习惯，一种享受。几乎无论什么东西都比这大窟窿连小窟窿的铁皮屋顶更可取，比这缠绕在拆毁的大铁窗架上的扎人的蒿草更可取，比这靠在墙上堆积如山的卷宗和书籍以及这满是尘埃的瘸腿写字台更可取，比这令人难以忍耐的工作、企业，因使用、虫蛀而毁坏了的、急急忙忙地露出木材本来面目的家具所表现的虚假繁荣以及歇斯底里的喜剧更可取，没有比这被雨水、阳光和脚印弄脏了的乱七八糟地堆在水泥地板上的文件以及堆成金字塔的蓝白相间的图纸卷和钉在墙上的支离破碎的图纸更可取。

他的话连回声都没激起。风变成平缓的旋涡,从棚子的一侧如游刃一般、不慌不忙地灌进来。所有的话,包括那些脏话,那些威胁性的话和那些自豪的话,话音未落就被忘却了。从古至今直到永远,出了厂房那高高的脊角、斑斑锈迹和盲目滋生、相互缠绕的杂草以外,什么也没有——包括正站在厂房中央的他。他无可奈何而且荒唐地蠕动,仿佛是一只在神话故事里、在变幻莫测的大海中、在稀里糊涂的劳作和冬天的气氛里晃动着足肢和触角的黑甲虫,总是忍气吞声,来去匆匆。

我们可以假定是在一个拉尔森觉得被饥饿和倒霉弄得萎靡不振、被排斥在生活之外、没有勇气给自己提虚劲儿的时候,一个礼拜六的午后,他正在办公室里看一份七年前的二月二十三日向那艘出了故障停在罗萨里奥港的蒂芭号的船东凯松有限公司做的预算。风雨交加已经四十八小时了,暴涨起来的浑浊的河水奔腾咆哮,令人难忘。四五天以来,他就只靠在凉亭里喝茶时吃点儿薄饼干和果酱充饥。

于是拉尔森开始了他最后一次圣玛利亚之行。这个晦气的市镇!大概他在途中就预感到他是来告别的,追捕加尔维斯只不过是个必须提出的借口,一种伪装。我们当时看见他的人,还能够认出他来,觉得他更衰老了,觉得他神情狼狈,意志消沉。但是,他身上还有某种不寻常的东西,不是新东西而是旧有的、被忘却的什么,那就是冷漠、勇敢、诙谐,属于从前那个拉尔森身上的东西,属于五六年前怀着希望与某个鬼迷心窍的念头来到圣玛利亚的拉尔森。

这样,拉尔森便作了最后一次逆水之行,一次返回造船厂的旅行。这一次不仅仅是孤独,而且有恐惧在伴随着他,还有一种刚刚开始的清醒感,对自己怀疑一切的态度开始动摇起来。他孤陋寡闻,而且怪模怪样地拒绝了解身边发生的事情。

他最终落得孑然一身,再也无戏可唱了。他缓缓地迈步前行,不慌不忙,既不想择路又没有这种可能,在这片版图日渐缩小的土地上走着。他的骨骼、神经和身影并非自身情愿,要他按时到达那个并不知晓的某地。他许诺过(并非向什么人)约会的事一定要完成。就这样,这位拉尔森先生,独自一人,登舟上溯,在一个冬天的黄昏里,百无聊赖地望着两岸依稀可辨的树丛,右耳倾听着不知名的鸟雀的叫声。

他抬头寻找月亮,见到的却只是胆怯的银光。正是此时他才毫无顾虑地接受自杀的念头。他盘算着到他死的那一天之前的这段时间里有些什么事情要做。他知道他的死不会是一桩个人小事。

在天大亮之前,驳船上的水手把拉尔森从造船厂之港的木牌下唤醒。他弄明白了驳船是向北开去的,便向水手提出用他的手表抵作船票,他们痛快地接受了。他蜷缩在船尾部分,等着人们把货装好。马达转动起来之后,周围响起一片告别的喊声。这时,天空大亮了。拉尔森裹在大衣里面,浑身发冷,心里焦急;

他脑海里浮现出一幅阳光明媚的风景画：何塞菲娜在同小狗嬉戏，佩特鲁斯之女形容憔悴、声音尖细地在问早安。拉尔森低头看看手掌，出神地审视着手纹的走向以及血管跳动的速度。他极力扭头向船外望去（驳船已经开动，正在弯弯曲曲地驶向中流），望着造船厂那飞快形成的废墟以及正在悄悄坍塌的墙壁。对于行船的嘈杂声，他充耳不闻，可是那只竖直的耳朵却能听出苔藓在乱砖堆里生长的簌簌声以及铁锈吞食金属的沙沙声。

（或者，这样的结尾会更好一些：驳船上的水手发现他的时候险些踩到他身上，他们看见他黑乎乎地缩成一团，脑袋垂到双膝上，盖着那顶油腻的帽子，上面沾满了露水，他本人则在说梦话。他粗暴地解释说，他必须逃走；他还恐怖地挥舞着左轮手枪，结果水手们给了他一耳光。其中有个人可怜他，把他从泥水里扶起，并且给他喝了一口甜酒。别的几个一面哈哈大笑，一面拍拍他的肩膀，装出给他掸掉衣服上泥土的样子，他那身制服已经破旧不堪，紧紧地绷在肥胖的身体上。水手一共三人，姓名都是有案可查的。当时他们正穿过黎明时的寒冷街头，不慌不忙地走在驳船与小货棚之间的路上，他们一面运货一面并无恶意地骂着脏话。拉尔森愿意把手表给他们抵作船票，他们夸奖一番但是没有接受。他们极力不让拉尔森感到难堪，帮他上了驳船，把他安顿在船尾的板凳上。当驳船由于马达的开动而颤抖起来的时候，拉尔森披着水手们扔给他的麻袋片，脑海里想象着造船厂楼房倒塌的详细情景，耳边仿佛听到颓垣断壁中发出的嘘嘘声。但是，令人最难以忍受的大概是九月的劲风，这是春天不可阻挡地透过冬末的缝隙，传来了第一个微弱的信息。拉尔森舔着干裂出血的嘴唇,呼吸着春天的气息。与此同时,驳船正在顽强地逆水上行。就在那一星期尚未结束的时候,他由于肺炎而病死在罗萨里奥城。在医院的病历上,写下了他的真名实姓。)

发表于1961年的《造船厂》,因其故事设计绝妙、文字明快流畅,被拉美奥内蒂权威研究专家埃米尔·罗德里盖斯·莫内卡认为是奥内蒂的最佳作品。这部小说是奥内蒂"圣玛利亚小说"系列中的一部,自1950年《短暂的生命》出版起,奥内蒂就开始了以圣玛利亚这个虚构城市为背景的系列小说。这座城市位于拉普拉塔河沿岸,各色各样的人都汇聚到这里,有打工讨生活的,有怀揣美好幻想的,更多的则是在中下层社会摸爬滚打的芸芸众生。《造船厂》的灵感来自作家对一家真实的造船厂的参观,虽然船厂已经破产,但是陪同奥内蒂参观的经理和船厂的负责人却能若无其事地假装一切都在正常运作,甚至还在翻阅账单、查看财务报表。破败的船厂给了奥内蒂极大的刺激,倒闭的现实和船厂负责人伪装的表演给他提供了宝贵的创作素材。

《造船厂》的主角名叫拉尔森,在《短暂的生命》中是一个渴望摆脱压抑生活的广告公司的小职员,而在《造船厂》中,他因开过妓院被判刑,后回到老家圣玛利亚,到老商人贝德鲁斯的一个船厂工作。然而这个工厂早已经名存实亡,只有几个每天无所事事的职员佯装工作,贝德鲁斯虚张声势要把生意重整旗鼓,然而新任总经理的拉尔森却发现这一切都是一场作秀,拉尔森也是逢场作戏,加入这样一场闹剧中。然而饥肠辘辘终归是要解决的问题,于是造船厂的人开始拆船卖铁来维持生计。他们不仅对外欺骗,对内也是尔虞我诈,甚至对自己的家人朋友也是谎话连篇。然而内心深处,这些人也是惶惶不可终日,活在恐惧当中。最终,造船厂还是以倒闭而告终,董事长贝德鲁斯的案底被揭发,以诈骗罪被关进监狱,他的女儿发了疯,拉尔森死于肺炎,行政主管自杀,技术经理逃亡。

评论界普遍认为,《造船厂》是对当时乌拉圭政府腐朽败坏、形式主义的映射。然而奥内蒂本人却并不认同这种观点,他不赞成把文学作品当成单纯的社会历史文献,他认为这种倾向是有害的,不利于文学的创作。但是他也不否认文学是历史和社会的间接证据,只是在反映的形式上,往往是间接,甚至被动的。同时,这部作品写成于半个多世纪前,但是其中所反映的投机倒把、尔虞我诈却与当今的社会惊人地相似,可见奥内蒂作为文学大师的前瞻性。巴尔加斯·略萨曾指出,"《造船厂》表现出来的'不发达的精神状态'在拉丁美洲'几乎多数人如此',各个社会阶层都有,'许多人感觉奋斗无用,劳动无用,雄心壮志无用,因为一个强大、无形的机制打破、腐蚀、消解了一切努力,总是让奋斗的人们品尝失败的苦果'。因此,可以说《造船厂》揭示出来的'精神状态'已经超出了造船厂,超出了乌拉圭,甚至超出了拉丁美洲"。

## 《井》

我立刻离开了那里,重新处在孤独中。所以拉萨罗说我是失败者。可能他是对的,再说啦,我有什么重要呢。除了这一切(这一切也并不重要),在这个国家还能做什么?什么也不能做,连受骗也不能。

我写的这份东西是我的回忆。因为人到了四十岁时应该写他自己的生活,尤其是当他的生活中有过许多有趣的事情时更应该这样做。

写些不同的东西。写些比我生活经历中的事情更美妙的东西。我乐意写一个灵魂的经历,只写它,那些不管我是否愿意就掺和进来的事则不写,或者我写梦。从某个最遥远的噩梦到小木屋的遭遇。

《井》发表于1939年底,是奥内蒂的第一部长篇小说,整部小说是第一人称叙述的长篇独白,一个名叫里纳塞洛的男人在40岁生日的前一天,在一个嘈杂拥挤的贫民窟讲述了自己的经历和梦想。他想要写一些"有趣的事情",然而他的生活却没有什么有趣的事情可以让他来记录,失败的婚姻、毫无意义的工作以及破灭的理想。里纳塞洛虽然从没离开他居住的肮脏闷热的房间,然而他所讲述的人生境遇却也包含着他的幻想和梦境,因为现实的生活中,他找不到出路,只有封闭自我,在虚构的梦境中寻求解脱。这部小说发表于1939年,而在这一年,德国法西斯发动了第二次世界大战,西班牙共和国宣布失败,国家进入佛朗哥的军事独裁统治时期,两个重大的历史事件使得遥远的拉美地区也陷入对未来的危机感中。拉普拉塔河所汇集的落魄的外国移民、破产农民以及初到大城市梦想破灭的人,他们所经历的痛苦、孤独和无奈,都被奥内蒂借着里纳塞洛的口讲述出来。而最终却发现原来在这样的国家,"什么也不能做,连受骗也不能"。

## 《球星在情网中死去》①

的确,我只想看到他的双手。本来,在我把一百比索零钱找给他时,看到他的双手就已经够了。他用手指紧捏着钞票,理齐,然后用力卷成扁团,小心翼翼地藏进上衣的口袋里。只看到他的双手如何在满是油垢和刀痕斑斑的柜台上动作,就足以知道他的病是治不好的,我不知道他从何处获取了治愈康复的信念。

"满腹忧虑的人。"如果护士能理解这话的含义,我一定会跟他这样说的。"满腹忧虑",那天晚上,我一直独自重复着这句话。没有错,如果实话实说,确确实实是满腹忧虑。这种深刻的忧虑是他逐渐表现出来的。在这忧虑之中,孕育着一种毫无力量的绝望,而这绝望又很自然地与产生和滋长它的原因紧密相连。他知道自己已经无望,并把这一绝望置之脑后。这并不是说他认为不能恢复健康,而是不相信治愈后有什么前途,有什么意义。

---

① 参见胡安·卡洛斯·奥内蒂:《球星在情网中死去》,李明德、刘文波译,湖南人民出版社1988年版。

最初,他每星期收到四五封来信。我很快就辨认出了哪些是情书,哪些是一般往来。我最感兴趣的是那些定期而来的同一手迹的信。那是两种信封,一种用蓝墨水书写,另一种是打字机打的。他拿到信后,总是设法用敏捷的目光准确地扫一下,确定是谁写给他的,然后才放进口袋,回到那光线暗淡的角落,恢复先前的姿势,侧身对着满是蝇迹的民俗画和烟熏的年历,像往常收到信时一样平静,继续灌他的啤酒。

人们经常到店里来聊天,我开始注意观察他。高个子,宽肩膀,穿得有点奇特,步履缓慢但并非谨慎,在忸怩和傲慢两种特殊的表情中间保持着平衡。他总是独自一人在大厅靠近窗户的桌子上吃饭,把头扭向一边,面对冷漠无情的高山和阳光,以摆脱对自己身世的回忆,避开周围的脸庞和容易引起回忆往事的谈话。

"或许您还记得起来,可能在报上见过他的名字。他曾是个最佳篮球运动员,人们都说他是世界上最优秀的选手。他和美国人比赛过,最后一年随同球队去过智利。"所谓"最后一年",大概是指他们知道事情已经发生的那一年。我并没有表现出特别高兴的样子,但确实止不住激动,因为我明白了他的肩为什么那样宽阔,为什么现在弯腰弓背时那样沮丧;我明白了他眼睛里为什么充满变得平静了的怒火,而且明白了之所以有怒火,不单单是因为他失去了健康,失去了一种特殊的生活,失去了一个女人,更重要的是他失去了一种信念,失去了可以争得自豪的权利。他一直是依靠他的健康而生存的,在一定意义上说,他生活的全部意义就在于他有没有好的身体。

"像是在度蜜月，"护士若无其事地说，"原来这家伙需要的是女人啊！看来他忍受不了分居的生活。现在他简直变成了另外一个人。在旅馆里，他们邀我一起喝酒，那男人向我提了许许多多问题，打听镇子上的事。病不病他们都不管，只要在一起就手拉手，大庭广众之下照样接吻。要是她能在此常住下去的话（可能周末她就要走了），我敢担保他的病能治好。您没看到中午他们来取开胃剂时他那神气劲儿！"

"男人"在餐厅里发现他们时，"女人"表现得既不忧伤也不高兴，好像更年轻更成熟了。憔悴的"男人"挺着身子朝他们走去，一脸滑稽相，神色警惕。贡斯一面擦着镜片，一面慢条斯理、若有所思地说了几分钟话。"女人"用手轻轻地抚摸着"男人"的手，她显得很多情，不过没必要那样，在她那做作的表情里，除了看得出她忠于爱情，内心却充满了诧异和惊奇。

"他的病没有好转，也没有恶化，一直很高兴，他是一位绅士。姑娘和他在一块，夫人，我不知道是不是在照顾他。可是，今天早晨，当她醒来的时候，病人不在房间里。于是我们在疗养院里找了个遍，后来才知道，他乘车下山去了。那些几乎不能走动的人总想出去转转，这一点司机已习以为常了。不该这样，太太，那是疗养院，可是他偏偏出去游逛。但他没有再回来，司机等他等得都不耐烦了，安德拉德给我们打电话之前，我们不知道自己胡思乱想了些什么。"

"就是这样,太太。"安德拉德说。这时候,我入迷地看着他们,不住地活动身子,想使自己暖和点。"有人告诉我说,中午看见他进来了。他已把钥匙退给了我,我不相信这一点,我甚至没有去打扫房间。但是,太阳落山时,我看见一扇窗子有灯光,于是我过去敲门。您想想,我推开门走进来的时候……很可能他藏有一把厨房的钥匙。""他还很年轻呢,这个可怜人!"女人似乎想放声哭一场。

《球星在情网中死去》发表于 1954 年,是奥内蒂一部重要的中篇小说,也曾被阿根廷卡利坎托出版社称作奥内蒂送给读者的一部最令人费解的小说。一个昔日强壮的篮球明星因为患病而过着空虚无聊的生活,而小说中活动在球星周围的两个神秘的女人构成了这部爱情悲剧。小说中奥内蒂将真实和虚构杂糅在一起,令读者坠入虚假迷茫的迷雾之中。

## 《欢迎你,博布》[①]

他肯定是在一天天衰老,比起他叫博布的那个时代差远了。那时,金黄色的头发垂到鬓角。他悄然走进大厅,满脸堆笑,双目炯炯有神,或是低声含糊地打着招呼,或是用手在耳边微微一招,走过去坐在钢琴旁的那盏电灯下,不是拿一本书看,就是默

---

① 参见胡安·卡洛斯·奥内蒂:《欢迎你,博布》,张永泰译,《外国文学》1996年第 5 期。

默地在一旁,聚精会神地长时间瞧着我们。

现今他已改名为罗伯特。他一醉方休,咳嗽时用脏手挡着嘴巴,和那时只喝啤酒的博布相比也相去甚远。

我每时每刻都想着博布,想着他的纯真、他的信念以及他以往的大胆梦想。回想着那个酷爱音乐的博布,那个计划着在沿海建造一座辉煌的城市来美化500万居民生活的博布。博布从不言不由衷,他敢于宣告年轻人向老年人开战,博布是未来与世界的主人。面对的却是一位手指被烟熏脏了的称之为罗伯特的男子。他过着粗俗的生活,在不知哪个气味难闻的办公室里上着班,和一个被他称为"夫人"的胖女人结为夫妻。他坐在咖啡馆的椅子上,仔细地翻阅着报纸,用电话进行跑马赌博,并以此来度过那漫长的星期天。

《欢迎你,博布》是奥内蒂除小说外,所发表的十几篇优秀故事中的一篇。奥内蒂巧设迷宫,情节时进时退,倒叙与跳跃交叉前进,螺旋上升式的叙述方式为拉美心理现实主义的形式打下了基础。奥内蒂讲述了"我"、博布和博布妹妹伊内斯的故事。年轻的博布趾高气扬、清高傲慢,强烈反对"我"和伊内斯的婚事,故事没有介绍细节,只告知了读者在博布的干预下,伊内斯对自己突然判若两人,冷若冰霜,另嫁旁人。数十年后,"我"对博布的仇恨却没有消退,"我才明白,过去并不会因时间的变迁而被忘却。昨天和十年前联系到了一起"。然而,当再次与博布重逢,博布已经没有了昔日的风采,而变成了一个粗俗平庸的中年人。而面对这样梦想褪去、激情不再的博布,"我"并没有感到有多高兴,相反,"我"为博布而伤感,因为"任何人也不会像我对那个败落而不合时宜的博布不时提到的令人难以置信的计划及大惊小怪那样心醉神迷","我"为博布而感到惋惜,也怀念昔日博布身上的青春和傲慢,奥内蒂借着"我"的口,感慨在残酷的现实面前,"梦想正在逐渐淡化",然而作家还是在最后,似乎给了读者一些模糊而悲伤的憧憬,老博布"脸上露出了笑容,并相信终有一天,他会回到这个世界,回到博布的时代"。

马里奥·巴尔加斯·略萨在其2008年的作品《走向虚幻之旅:胡安·卡洛斯·奥内蒂》中高度评价了奥内蒂作品中的现代性:时空被高度浓缩,叙述者的角度随意变换,客观现实和主观现实任意移位,人物、事件被无限分割,并认为奥内蒂可以与博尔赫斯、胡安·鲁尔福、威廉·福克纳等作家相齐名。略萨甚至说,拉丁美洲作家,都欠了奥内蒂一笔还不清的债。

# 社会现实的批判者
## ——马里奥·贝内德蒂

马里奥·贝内德蒂(Mario Benedetti,1920—2009),乌拉圭著名诗人、小说家、散文家及文学批评家,"四五一代"的中坚力量。

三四岁时,贝内德蒂随父母移居首都蒙得维的亚,但由于父亲生意经营不善,家庭陷入困境。1928年,在祖父与父亲的帮助下,他进入了一所德文学校就读,在这里开始接触文学,并逐渐培养了对文学的兴趣。然而,纳粹主义的兴起迫使他辍学,仅完成了小学学业。此后,他接受了两年的中学教育,但由于家庭经济拮据,不得不中途辍学谋生。1936年,16岁的贝内德蒂开始了他的工作生涯,做过推销员、售货员、出纳、速记员等。

1945—1956年,贝内德蒂的记者工作为他的写作铺平了道路。尽管大部分时间被工作占据,但他对写作的热情从未减退。1945年,贝内德蒂加入了独立出版物《前进》周刊的编辑部。1954年,他开始为《前进》周刊文学部撰稿,并在1954—1960年三度担任该刊物主编。在此期间,他的文学才华进一步展现,出版了大量诗歌、散文和短篇小说,奠定了他在文学界的地位,被誉为乌拉圭最有观察力的作家之一。1974年,周刊被迫停办,同年,贝内德蒂出版了他的第一本诗集《难忘的前夜》。

作为"四五一代"作家之一,贝内德蒂与这一时期的作家们有许多共性——冷眼看世,针砭时弊,将文学从乡村引向城市。"在那一时期写作的作家几乎没有人来自乡村,他们对乡村的认识,往往是通过拥有这类生活经验的诗人得来的……而且,在那一时期,城市中正在发生数不清的事件,全国一半人口都集中在蒙得维的亚。"①

第二次世界大战和朝鲜战争大大推动了乌拉圭的出口贸易,战后,乌拉圭开始了工业化和城市化进程,经济呈现出空前的繁荣景象,社会就业充足,人民生活稳定。乌拉圭继1930年世界杯打败阿根廷夺冠后,1950年再次战胜巴西夺得世界杯冠军,国民自豪感空前高涨。然而,贝内德蒂对这一社会现实提出了质疑:相对稳定的社会生活能否带来真正的内心平静?范式的生活、机械的工作和经济繁荣让人们愈发庸碌无为。贝内德蒂通过创作揭示了乌拉圭社会日益严重的精神危机。1956年,他的诗集《办公室的诗》揭示了中产阶级在城市空间中的精神与生活博弈;1959年,贝内德蒂的短篇小说集《蒙得维的亚的人》再现了城市生活的浮躁氛围;1960年,他的日记体长篇小说《情断》以细腻的笔触展现了一个人内心的动荡,该小说奠定了贝内德蒂在乌拉圭文学界的重要地位。

1960年,贝内德蒂在美国旅居五个月,目睹了不平等、种族歧视和物质至上的社会弊端。次年,他旅居古巴,创办了"美洲之家"文化研究中心,并在那里工作了近五年。20世纪50年代中期,朝鲜战争结束,欧洲国家逐渐恢复发展,乌拉圭依靠出口的经济受到重创,加上社会发展不均衡、科技滞后等多种因素,乌拉圭经历了严重的经济危机,社会矛盾逐渐显现,意识形态分

---

① 韩烨:《贝内德蒂:写作动力源自对他们深挚的关心》,《新京报》2020年12月26日。

化。1959年的古巴革命胜利和菲德尔·卡斯特罗对乌拉圭的访问,使贝内德蒂寻求社会变革的想法愈发强烈。他以笔为矛,揭露乌拉圭的政治、经济和道德的衰落。1960年,他在美国出版散文集《麦草尾巴的国家》,公开表明政治观点;1965年,贝内德蒂的长篇小说《感谢火》尖锐讽刺了乌拉圭的颓丧。1971年,贝内德蒂返回乌拉圭,组织了"3月26日独立者运动",支持左翼政党联盟"广泛阵线",并担任乌拉圭共和国大学人文科学院拉美文学系主任。

1973年,乌拉圭军人发动政变,开始了12年的独裁统治。独裁政府残酷镇压国内左翼力量,贝内德蒂难逃其害,被迫辞职,开始长达12年的流亡生活。他辗转于阿根廷、秘鲁、古巴和西班牙,直至1985年才重返祖国。流亡期间,贝内德蒂的创作主题转向了对家庭与祖国的怀念、对存在及死亡的矛盾与忧虑,这些在其作品《有无乡愁》(1977)、《屋与砖》(1977)、诗集《日常的诗》(1979)、《佩德罗和船长》(1979)中都有体现。其中,最著名的作品当属1982年的长篇小说《破角的春天》,探讨了流亡者在对抗与希望中的生活方式。

1985年回国后,贝内德蒂在蒙得维的亚和马德里两地生活,直至2006年妻子去世。在西班牙期间,他多次访问阿利坎特大学,并将马德里图书馆的6 000本书捐赠给阿利坎特大学的马里奥·贝内德蒂伊比利亚美洲研究中心,带着3 000本书回到蒙得维的亚生活。自重返祖国到生命的最后,贝内德蒂坚持创作,探索新的身份认同,《咖啡渣》(1992)、《脚手架》(1996)、《俳句的角落》(1999)、《时光的信箱》(1999)、《我呼吸的世界》

(2000)等均为这一时期的佳作。

贝内德蒂一生中获得了诸多奖项,如乌拉圭国家文学奖(1999)、伊比利亚美洲诗歌奖(1999)、何塞·马蒂诗歌奖(2001)、梅嫩德斯·佩拉约国际奖(2005)等,作品被翻译成多种语言,广受欢迎。他的创作缘于对他人的关心、对社会的观察、对公平正义的追求以及对变革的探索。他的文学热忱,是在迷乱中清醒的教诲,在混沌中尖锐的反思,在矛盾中温柔的坦诚。

2009年5月17日,贝内德蒂在蒙得维的亚家中去世,享年88岁。乌拉圭政府宣布次日为全国哀悼日,时任总统巴斯克斯表示:"贝内德蒂这样的人永远不会死,而是会在人们心中生根发芽。"

## 原著片段赏析

### 《情断》[①]

等到退休,我想我就不会再写这本日记了,因为到那时,发生在我身上的事情无疑会比现在少得多。体味空虚,而且还要为它留下文字证据,将会让我无法忍受。等到退休,也许最好的是放任自己沉浸于闲暇时光,还有补偿性的昏睡,以期让神经、肌肉、能量一点点放松下来,逐渐适应死亡。但这样不行。有些时刻,我仍然拥有并保持着那种奢侈的希望,希望闲暇时光充实

---

① 参见马里奥·贝内德蒂:《情断》,刘瑛译,中国国际广播出版社1990年版。

而丰富,希望那是找到自我的最后机会。而这一点确实值得记下来。

埃斯特班的朋友约我见面。我退休的事会在四个月内办妥,已是基本确定的事。这很有意思:离休息越近,办公室对我来说就越难以忍受。我知道只剩下四个月的销售条目、转回分录、收支平衡表、备忘录账户和公证声明了。但如果可以把这四个月降到零,我愿意付出一年的生命。好吧,往好的方面想,还是不要付出一年的生命了,因为现在我的生命中有阿维雅内达。

死亡是一种令人厌倦的经历,对其他人来说,尤其是对其他人来说。作为一个带着三个孩子并熬了过来的鳏夫,我应该为此感到骄傲。但我感受到的并不是骄傲,而是疲惫。骄傲是为二三十岁的人准备的。带着我的孩子们熬过来是一种义务,为了让社会不来跟我对质,不向我投来专为残忍父母准备的无情目光,这是唯一的生路。从未有过其他的解决方案,于是我熬了过来。

"不关你的事。"真想一巴掌抽在他嘴上。那就是我儿子,那张生硬的脸,从来没有任何事任何人能让他软化。不关我的事。我走到冰箱前,拿出一瓶牛奶,还有黄油。我感觉丢脸,羞耻。他对我说"不关你的事",而我内心毫无波澜,不拿他怎么样,也不对他说什么,这怎么可能。我给自己倒了一大杯牛奶。他对我大喊大叫,用的是我应该用在他身上却从没用过的那种腔调,这是不可能的。不关我的事。喝下的每一口牛奶都让我的太阳穴疼。我猛地转过身,抓住了他的手臂。"对你父亲放尊重点,明白了吗?放尊重点。"现在说出来很蠢,时机早就过去了。他的胳膊又紧又硬,好像突然变成了钢,或者是铅。我抬头去看他眼睛的时候觉得后颈疼。这是我能做到的最温和的方式。不,他不害怕。他只是甩甩胳膊挣脱了我,鼻翼两侧起伏着,说:"你什么时候才会成长?"然后摔门扬长而去。

今天早晨我只和布兰卡说了话。我对她说了不喜欢她那么晚回家。她不是个蛮横无理的孩子,并不该受我责备。可除此之外还有责任,作为父亲和母亲的责任。我本应同时是这两者,却觉得自己什么也不是。听到自己用劝诫的声音对她说"你昨晚在干什么?你去哪儿了?"时,我感觉自己失礼了。而她,一边在烤面包上抹黄油,一边回答我说:"为什么你觉得自己有义务当坏人?有两点我们都很清楚:我们关心彼此,而且我没做任何错事。"我被击溃了。然而,为了挽回面子,我还是加了一句:"一切都取决于你所理解的错误是什么。"

今天早上,当阿维雅内达穿着一条素色的连衣裙——没有饰物也没有腰带——出现时,我没能控制住自己,对她说:"田野的味道真好闻。"她用真正惊恐的眼神看着我,正是人们看疯子或醉汉时的那种眼神。更糟的是,我试图向她解释我是在自言自语。我没能说服她,而中午她离开时,仍然有些戒备地看着我。又一个证据,证明人在梦里可能比在现实中更使人信服。

这一切从何而来?啊,对。我现在寻找的中庸之道与阿维雅内达有关(在我现在的生活中又有什么与她无关呢?)。我不想伤害她,也不想损害我自己(第一个中庸之道);我不希望我们的关系带来类似婚姻的那种恋爱所特有的荒谬局面,也不希望它带有粗野的偷情色彩(第二个中庸之道);我不希望未来宣判我成为一个被青春正盛的女人厌恶的老头儿,也不希望自己——由于害怕这种未来——放弃一个如此吸引人又无可取代的现在(第三个中庸之道);我不想让我们从一间钟点房到另一间钟点房,也不希望我们组建一个大写的家(第四个也是最后一个中庸之道)。

解决方案?第一条:租一间小公寓。当然,不抛弃我的家。好吧,第一条,然后就没有了。没有另一个解决方案。

我这才发现,直到现在,我把所有与阿维雅内达有关的事都留给了自己,没有对任何人提起过。而这可以解释。我能和谁说呢?和我的儿女?只是想象一下我就起了一身鸡皮疙瘩。和比格纳雷?一想到他居心不良的挤眉弄眼,他拍在我肩上的巴掌,他哈哈大笑时的同谋感,我马上就变得不可动摇地谨慎。和我公司的人?那会是通往失败的可怕一步,而且,与此同时,也会是阿维雅内达不得不离开办公室的绝对保证。但即使她不在那里工作,我想我也不会有勇气以这种方式谈论自己。办公室里没有朋友,有的只是每天见面的人,这些人不管一起出现还是分别出现都叫人生气,开玩笑然后互相捧场,交换彼此的抱怨,相互传递怨气,对作为整体的董事会牢骚满腹,而对每一个董事阿谀奉承。这叫作共存,但如果共存看起来像是友谊,那一定是海市蜃楼。在办公室这么多年,我承认阿维雅内达是第一个令我真正产生感情的人。

我们有向对方讲述一切的迫切需要。我和她说话就像在跟自己说话;其实,比跟自己说话还要更好。仿佛阿维雅内达进入了我的灵魂,仿佛她蜷缩在我灵魂的一个角落,等待着我的信任,呼唤着我的真诚。

然后,在家中,只有在我的房间里,连可怜的布兰卡都用她的沉默撤回了对我的安慰时,我才翕动嘴唇,为了说出"她死了,阿维雅内达死了",因为"死"才是恰当的词,"死"是生活的崩塌,"死"来自内心深处,带来痛苦的真正呼吸,"死"是消失,是冰冷和彻底的无,是单纯的深渊,深渊。那一刻,当我翕动嘴唇说出"她死了",那一刻我看到了自己龌龊的孤独、所剩无几的残余部分。用我所拥有的全部自私,我想到了自己,还有如今即将到来的焦虑。但同时,那也是想起她的最慷慨的方式,想象她的最完整的方式。因为直到 9 月 23 日下午三点钟,我拥有的阿维雅内达比自己多得多。她已经开始进入我,变成我,像一条与大海融为一体的河,最终变得和海一样咸。因此,当我翕动嘴唇说出"她死了"的时候,我觉得自己被穿透了,被剥夺了,空空如也,一无是处。有人来过了,然后下令:"剥去这家伙存在的五分之四。"于是我被剥夺了。最糟的是,那仅剩的次品就是现在的我,我变成了我自己的五分之一,然而,我仍然有意识,知道这个人的贫乏,这个人的无意义。我只剩下我那美好目标、美好计划、美好意愿的五分之一,但我仅剩的五分之一的清醒,足以让我明白这全无用处。一切都结束了,很简单。

人总是可以自杀,但说到底,这仍然是一种可怜的解决方式。我想说的是,人不大可能生活在持续的危机之中,生产出一种多愁善感来把自己浸没(像某种每日的沐浴)在各种小型的痛苦里。那些好太太们会说——用她们惯用的心理经济学,她们不去影院看悲伤的电影,因为"生活已经够苦了"。而她们说得不无道理:生活已经够苦了,我们不应该开始怨天尤人或任性妄为或歇斯底里,仅仅是因为有什么挡住了我们的路,不让我们继续那通往幸福的远足——而有时它就在谬误的身旁。

我很少会想到上帝。然而,我有一颗宗教的内心,一种宗教性的焦虑。我想说服自己其实我拥有一种上帝的定义,一个上帝的概念。但我并没有这样的东西。我想到上帝的时候很少,仅仅是因为这个问题大大地超出了我的能力,以至于会在我身上引起某种恐慌,某种我的清醒神志和我的理性的总溃败。"上帝是全部。"阿维雅内达说。"上帝是一切的本质,"阿尼贝尔说,"让一切保持平衡,处于和谐之中。上帝是伟大的一致。"我能够理解这一个或那一个定义,但无论是这一个还是那一个都不是我的定义。可能他们是正确的,但那不是我需要的上帝。我需要一个可以与之对话的上帝,一个可以在其身上寻求保护的上帝,一个在我质疑他、用我的疑问扫射他时会予以应答的上帝。如果上帝是全部,是伟大的一致,如果上帝只是令宇宙运转的能量,是如此不可度量的无尽,那么我,一个踉跄着爬到他王国中一只无足轻重的虱子身上的原子,又有什么可在乎的呢? 我不在乎成为他王国中最后一只虱子身上的原子,但我在乎上帝是否在我能力可及的范围之内,抓住他对我来说很重要,不是用我的双手,当然,甚至也不是用我的理性。我在乎的是抓住他,用我的心。

很显然,上帝给了我一种黑暗的命运。甚至不是残酷。只是黑暗。很显然,给了我一次休战。起初,我拒绝相信这会是幸福。我曾经用全力抵抗,但之后放弃了,并且相信了它。但那不是幸福,只是一次休战。现在我又一次被卷入了自己的命运。而它比之前更加黑暗,黑暗得多。

《情断》是贝内德蒂于1960年出版的作品,一经发表即取得了成功,是贝内德蒂最受欢迎、被翻译次数最多的小说,还曾多次被改编成电影、戏剧、电视剧等。这部小说短小精悍,将20世纪50年代乌拉圭社会,乃至当今社会人们所关心的主题都涵盖于其中——爱与性、孤独与慰藉、圆满与疏离、人生际遇与命运安排、家庭与社会、代际冲突与政治伦理等。这是一部日记体小说,以"只差六个月零二十八天我就满足退休条件了"开篇,49岁的主人公马丁·桑多梅讲述了20世纪50年代一个普通的蒙得维的亚中产阶级暗淡无光的日常生活:日复一日例行公事的办公室生活,妻子早亡感情空白的鳏夫生活,子女同处相互隔阂误解的家庭生活,桑多梅是蒙得维的亚一家私营汽车零配件进口商行的会计科科长,回顾半百的一生:庸庸碌碌,无所作为,展望逼近的退休生活,空虚惆怅,不知所措。

然而一场猝不及防的爱情将孤独寂寞、心灰意冷的桑多梅从深渊中拉回。如果说世界是昏暗的,那么阿维雅内达就是点燃世界的一束美好。对桑多梅来说,退休已是他的归路,也许他的归宿就是在无所事事、阴沉、郁闷、虚空的闲暇中死去。但二月二十七日,准确点来说是五月十九日,一切都变了。二月二十七日,商行招进七名新职员,四男三女,其中一位名叫劳拉·阿维雅内达的人成为桑托梅的第一个女部下。久经世事、成熟老练的49岁长辈、上司面对生性腼腆,涉世不深的24岁姑娘这段"注定的"命运,是大胆追求,还是空留遗憾? 是直面社会的对质、舆论的谴责、子女的不理解,还是左顾右盼停留在自己的牢笼? 而今,韶华已逝,十年之后,皱纹爬满"我"的脸庞,她却青春依旧;十年之后,"我"步履蹒跚,她仍旧活力四射;十年之后,"我"离开人世,她变成了"我",寡妇……疑虑重重,无可奈何。但随着时间的推移,内心的禁锢无法压制火一般的爱恋,桑多梅观察着她的一举一动,一颦一笑,在枯燥的工作中,这是唯一的消遣。桑多梅逐渐爱上了她,全身的欲望在她的身上愈强愈烈。桑多梅勇敢表达了自己的心意,两人迅速坠入爱情的旋涡,桑多梅租下一套公寓,瞒着同事、家人,二人开始了柔情蜜意的秘密同居。在这段时间,他们缠绵悱恻、互诉衷肠,释放着火一般炙热的欲望,享受着溢满海洋的爱意。然而,世事总不遂人愿,在一系列的家庭变故下,二人的感情也逐渐走到了尽头,阿维雅内达病逝,爱情的火花由此熄灭。二月底,桑多梅退休了,重回六个月零二十八天前空虚惆怅、灰暗绝望、无底无边的深渊。而这部小说也由此终结,印证了桑多梅的那句"等到退休,我想我就不会再写这本日记了",然而,现实却并不如他所愿"保持奢侈的希望"。猝不及防的爱情给了桑多梅精神与肉体的温柔,与阿维雅内达的相遇是个幸福的良机,然而到头来,也不过是乖蹇的人生旅途施舍的一次短暂慷慨。

## 《感谢火》[①]

"你和埃德蒙多·布迪纽有什么关系吗?"坐在拉蒙左边的鲁斯·阿梅苏阿问。

"我是他儿子。"

"报社那个埃德蒙多·布迪纽的儿子?"拉蒙听到坐在他右边的玛塞拉·托雷斯·德·索利斯问。

"没错,女士,报社那个,也是工厂那个。"

"见鬼。"费尔南德斯说着,从鲁斯身后探出头来,"那您可真是个人物了。"

"我父亲才是个人物。我只不过经营着一家旅行社。"

和所有家族一样,我们布迪纽家族也有自己的历史。有时候我儿子相信他是或即将成为一个大人物。他当然想错了,但是他只有十七岁,这算不上一个严重的错误。在这个家族里不曾出现,也不会出现另一个大人物,只有老头。充满原则的大

---

① 参见马里奥·贝内德蒂:《感谢火》,徐恬译,作家出版社2020年版。

话,令人振奋的演讲,高大的形象。他吞噬了我们所有人。我从来不是拉蒙·布迪纽,我只是埃德蒙多·布迪纽的儿子;我的儿子从来不是古斯塔沃·布迪纽,他只是埃德蒙多·布迪纽的孙子;甚至我的爷爷,近年来也只是埃德蒙多·布迪纽的父亲。出于某些原因,家里所有的人都以"您"来称呼他。所有人:儿孙辈,包括他们的配偶。他一直保持着这个已经过时的习惯,强调他和所有人之间都存在距离。永远难以逾越的距离。从上至下,蔑视;从下至上,崇敬。

我从侧面看了看他,检查了他的鞋子、裤子、金色皮带扣的皮带、蓝色领带和领带夹、衬衫硬领、稻草编织袋和上面系的黑色的丝带。和爸爸一起走总是令人愉快的,我无法准确地用语言形容那种感受,但我总觉得自己被保护着,因此感到满足。知道自己是这样一个人完美无瑕、优雅、胡碴(茬)总刮得干干净净,自信、审慎地对待一切,毫不犹豫地理解一切。

事实上,老头对自己说的话并无把握,却一副胜券在握的样子;相反,古斯塔沃虽然很清楚自己在说什么,却不懂应该如何表达。老头久经沙场,是论战中的常胜将军,精通各种话术;而古斯塔沃在这方面充其量算个还在吃奶的娃娃。然而,我仍然想把赌注押在后者身上。他的青涩中有一种类似信念的东西。他的运气不错,他身处的世界见证了他所受到的羞辱,决定拿他的命运赌一把,把那古老、遥远的获救的可能变成某种确定无疑的东西。现在的世界和我少年时代的世界完全不同。我们清楚地看到了一切,充分意识到我们所处世界的制度简直是全人类的耻辱。但是,我们仍然放任自己默认了国内的混乱,几乎像在自说自话。好吧,但这是为什么呢?或许我们的信仰是理论上的,是修辞学上的,是带来我们渴求的变革的可能,但它不深沉、不饱满,更不是必不可少的。我们认为自己知道好的东西在哪里,但在谈到胜利的可能以及得到那些好的东西的可能时,我们却成为职业的悲观主义者,甚至宿命论者。

现在说这些都太迟了,美化记忆毫无用处。不要骗自己了。为什么我觉得这么空虚,心里空落落的,一点精神都提不起来呢?妈妈,微不足道的人,可怜的人,她已经下定决心要这样死去了吗,如此突然,如此彻底?那我呢?我会怎么样?妈妈,我没有意见,不为自己辩护,不找任何借口,我没有什么要说的。但她却说:"我好苦啊。"她的痛苦伤害了我,给我带来难以忍受的不安全感。毫无疑问,这场溃败和所有溃败相似,不同的是,这场溃败是我的溃败,妈妈绝望地合上双眼,翕动双唇挤出这个词时,我看到了她永不妥协的、痛苦的抽搐,这让我心底的某种东西开始蠢蠢欲动,它毫不畏惧地发表着宣言,我心底的某种东西挣扎着,试图对抗虚无。

唯一或许可能的办法是,杀了老头,但在我们这种小国——借用《时代》周刊的评价,这瑞士般的乌拉圭——不会发生这种事。一个人首先得是个革新者、开拓者,也就是说,是个他者,才能干这种事。就像老头说的，我毕竟是他的儿子。通常情况下，儿子不会谋杀老子。这个国家只有滑稽的弑父案。

相反，父亲和儿子之间既没有胎盘的维系，也没有脐带的连接，父亲只是一个渺小得不能再渺小的精子，它漫无目的地游荡着，找不到方向，然后，它变成了我，于是，它进一步分裂，继而消失了。尽管现在老头不再看着我，骂我是蠢货，比蠢货还蠢，尽管他不再用一抹不易察觉的微笑提醒讨厌的哈维尔毕竟我还是他的儿子，在我和他之间依旧没有一个能将我们连接的胎盘，无论是在出生时，还是在死亡时。最好的情况是——当然，我们之间不可能出现这种情况——建立一种亲密关系，就像最亲密的朋友一样，建立一种友谊——谁是我最好的朋友？——在给予的同时，接受彼此终生有效的承诺，在面对生存给人带来的可耻的恐慌时互相理解、互相支持，父子之间是平等的，也是平衡的，谁都不需要时刻戒备。如果能做到，这样的关系还真不赖。瞧瞧我有多自大，作为一个父亲，我也无法和我的儿子建立这种关系。古斯塔沃和我对彼此没有敌意，没有怨恨，也没有失望，只有彻底的不了解，就像我们住在不同的房子里似的，就像有人负责以乐谱的形式记录我们的日常，有关我的部分用 G 调谱写，有关古斯塔沃则用 F 调。

但我一直无法打消对老头的怀疑，怀疑他参与了那些见不得人的交易。现在他挑明了一切，证实了我的猜测，我也无法再骗自己，告诉自己一切都只是捕风捉影了。现在我确定了，他亲口告诉我了,现在我必须作出抉择。如果一切照旧,就说明我有意识地走向了腐败,这病态的道德缺失会在每个抉择的关键时刻对我发出强烈的谴责。但是,在这个时代,又有谁没犯过错呢?此时此刻,生活在这个国家、这个世界,谁还能坚守他的原则、他的标准、他的道德?毕竟,制定原则、标准、道德规范的,是其他人。这些其他人不在乎任何人的意见。所有人都被搅了进来。没有人是完全正直的。

我必须杀了他,以此找回自我,我必须做件一劳永逸的好事,放弃无谓的骄傲和卑鄙的算计。我必须杀了他,造福所有人,包括他自己。我必须镇定地、冷酷地、有意识地做好一切准备,用我的正义对抗他的罪孽。为了让这个国家得以喘息,让自己得以喘息,我要一口气切掉这颗最大的毒瘤。然后,所有问题都会迎刃而解:爱拍马屁的人和装腔作势的人,勋章和威信,大写字母和演说书,都将不复存在。这个国家满是枯枝败叶,土地是什么颜色的,水井在哪里,蚁穴在哪里,四叶草在哪里,流沙又在哪里,根本没人知道。我们需要坚实的土地。我必须杀了他。事实上,他才是凶手。他才是凶手,他武装了我,切断了我所有的退路,逼我走向自我救赎,逼我不被腐蚀。说得更准确一点,是他自寻死路。

在这个国家,少之又少的职业革命者总因为坏天气而中止革命,或者因为不想错过海滩最美的季节而把革命推迟到四月;在这个死气沉沉的国家,衣衫褴褛、无家可归的人把票投给百万富翁,农民反对土地革命,中产阶级想尽办法试图效仿上层人士,戴名表、喝鸡尾酒,但只要一提到"团结一致"这个词,这些人就都噤声了,仿佛这个词就意味着第七层地狱。在这个国家,像我这样的人有千千万,他们像我一样憎恶自己的姓名,憎恶布迪纽这个姓氏暗含的种种不堪;他们像我一样憎恶自己的阶级,富裕成了我们的原罪,成了我们的心病,但是,与此同时,与我同一阶级的人却理直气壮地享受着安逸的生活;他们像我一样憎恶自己的信仰,尤其是政治信仰,因为我获取的一切资源正是来自与我的政治信仰截然相反的党派;像我一样憎恶自己的人际关系,因为与我同属一个圈子的人认为我是个卑鄙无耻的人,而与我有同样政治信仰的人又认为我是个叛逃者;像我一样憎恶自己的情感,憎恶自己的性生活,因为我已经感受过完满,知道往后的一切都只是旨在重现那次完满的尝试,注定失败的尝试;像我一样憎恶自己的职业,因为常常有人突然闯进我的办公室,他们的粗鲁、他们非法贩运的违禁品、他们引以为豪的欺诈、他们对大甩卖的执念、他们向往野餐的灵魂常常让我目瞪口呆;像我一样憎恶我的记忆,因为童年时拥有的美好事物——保护、期望、勇敢——都被遗弃在成长的道路上,一想起它们,我就意识到自己是一个彻头彻尾的失败者。

向自己承认这可怕的事实的时刻到了。我不能杀了他。我做不到。整整一天我都在拼命地支撑这个想法,为它安上支架。整整一天我都在刻意宣扬我的踪迹,我相信,这样一来,明天那些贪婪地寻求真相的人就会发现这些踪迹,他们会把它们一一拾起，拼凑出一幅完整的图画，以此来佐证他们最病态的解释。但事实上，我留下踪迹是为了逼迫自己，为了不给自己留下后悔的余地。豪普特曼先生曾经给我们讲过韩塞尔与葛雷特的故事，现在我做了和他们相同的事。我在沿途留下面包渣，让后人看到我的足迹。但此刻我突然回过头，看到鸟群、疑虑和懦弱已经把我留下的面包渣吃得干干净净，清除了我的足迹和我曾经来过的证据。或许是我丢失了自己的踪迹。那些踪迹再也不能导向我了。我不能杀了他。一切都强于我：老头、陈词滥调、阶级禁忌、偏见。毕竟，拉蒙是我的儿子。他就是在这里说了这句话，当着哈维尔的面，在接待那些年轻人、给他们分发武器的时候。这句话依然在我耳边回荡。毕竟，老头是我的父亲。这句话真可怕，但它也在我耳边回荡。他是我的父亲。我们这个阶级的人、我们这个时代的人、我们这个国家的人不会杀掉自己的父亲。我们这个阶级的人、我们这个时代的人、我们这个国家的人不会毁掉自己的过去。

拉蒙·布迪纽经营着一家旅行社，他的父亲埃德蒙多·布迪纽是当时有头有脸的大人物。在外人看来，这样的生活已是千金难买，无可挑剔，但对拉蒙来说，一切不过是一个随时可能崩塌、随时可能颠覆的假象——身体的透支与精神的堕落。故事回归到几十年前的一场家庭暴力，躲在屏风后的小拉蒙目睹了自己心目中"慈爱"的父亲厉声呵斥殴打如保护伞般的母亲，自此，"慈父"形象经久而衰，原本几近完美、气质优雅、通情达理的父亲不复存在，慢慢地，这个失职的老头更是演变成了一个刻薄寡思、无耻之尤、迂腐愚昧的权势走狗。已过中年的拉蒙面对陌生的父亲，冷眼相看的妻子和无法理解的孩子；他是被别人羡慕的"有钱人"，他本可以带着所有光环挥金如土、呼风唤雨，但他又是充满悲伤的"有钱人"，他承受着父亲布迪纽给予他的一切，又厌恶着这一切。他看到的是观念的扭曲、价值观的畸变，是社会的停滞不前——他脱离家庭、远离社会，病毒般的窒息感扩散到拉蒙的整个身体——他是谁？他在哪儿？他要干什么？存在主义危机在不停地试探着拉蒙的命门，拉动着拉蒙反叛的心理。

仿若命运永远在自导自演，将他带回死的天堂，又将他无情打入生的地狱。他想要逃离，想要挣脱，想要步入正常的生活轨道。他认为，父亲是一切恶果的魁首，在半梦半醒的现实中，拉蒙寻找自我，进行自我救赎，最后踏上了弑父的道路：他要杀死谋杀"父亲"的"老头"，杀死侵害社会的毒气，杀死腐蚀国家的"蛀虫"。然而当拉蒙下定决心，回溯过往，审视当下，好似都是一个玩笑，"父亲"就是自己深恶痛绝的"老头"：他痛恨"老头"，却深爱"父亲"；他想要找回自我，却不想自我毁灭。

时间改变一切也治愈一切，但无穷无尽的时间也消磨一切。在这样一个家庭悲剧中，映射着真实的社会危机，作家通过第一人称与第三人称的交错，在意识流与对话的接替、内心独白与没有标点的自动写作的铺陈中捕捉人性的辉煌，在高峰与低谷的歇斯底里的挫败中，侃侃道来以拉蒙为代表的社会阶层被安逸生活所麻痹、被所属阶级价值观所扭曲、被所谓道德规范所禁锢、被日复一日倒退的社会所侵害的全过程。困惑、彷徨、踟蹰、滋扰,在拉蒙自我救赎的探索中闪光、净化。

在这部小说中,马里奥·贝内德蒂一改前期孤独苦闷的细腻情感格调,转而过渡到对社会的抨击,将个人命运纳入社会发展的洪流中。《感谢火》所展示的不仅是一个家庭内部两代人之间的恩怨情仇,更是社会大环境下对国家命运前途的反思与探索——个人抑郁已经关乎一个社会,甚至一个国家。在拉美地区,仿佛每一个国家,每一个社会都能掀起一场又一场波澜起伏的革命。然而由邻国之火点燃的这场革命终归不属于自己,在信仰的道路上,他们仍需要一把真正来自且属于自己的"火"。灰暗绝望的结局,也象征着乌拉圭社会文化的危机继续存在,社会的变革道路艰难而漫长。

## 《破角的春天》[①]

你也许会说,思考四年五个月零十四天也许思考得太久了一点。没错。但用来想你却永远都不嫌多。之所以给你写信,是因为月亮。

只有当你感到某条街道不再陌生的时候,那条街道才不会继续像看一个陌生人那样看你。

我不知道为什么,当一个人发自内心地笑,仿佛他的内脏重

---

① 参见马里奥·贝内德蒂:《破角的春天》,欧阳石晓译,作家出版社2020年版。

新得以安置,仿佛他立马变得乐观起来,仿佛一切都有了意义。人应该为自己开出发笑的处方,从而预防心理问题,但你也可以想象得到,其中的问题在于并没有太多发笑的理由。

"我常常留意这一点。因为从小时候起,每当搭乘火车时,我就非常喜欢观看风景。那是我最喜欢做的事情之一。我从不在火车上看书。到现在也如此,我坐火车时不喜欢看书。在我身边以相反的方向高速行进的风景让我着迷。当我与火车前行的方向一致时,我感到风景朝我奔来,我感到很乐观,我也不知道是怎么回事。"

"但当你坐在反方向的时候呢?"

"我感到风景离我而去,逐渐模糊、消失。坦白说,那让我感到抑郁。"

"此刻你坐在什么方向?"

"你别笑话我了。前几天我在重读圣地亚哥的信件时,清晰地意识到了这一点。在监狱里的他写信给我,仿佛生活正向他迎面而来似的。而我,恰恰相反,可以说,我拥有自由,有时候我觉得那风景正在逐渐远去、模糊、终结。"

"不错。当然,还带有诗意。"

"一点儿诗意也没有。连散文也不是。那只不过是我的感受罢了。"

是啊,收到你的消息就好像是打开了一扇窗户,但却让我无法抑制地想要多打开几扇窗,甚至想要(绝对是疯了)打开一扇门。然而,我却注定只能看见那扇门的背面,它的背脊充满了敌意,十分粗糙且牢固——尽管它永远不会像一个好论据、一个有依据的理由那般牢固。收到你的消息就好像是打开了一扇窗户,但和打开一扇门相比还是差了一点儿。也许我提"门"这个词提得太过频繁了,但你得明白,关在这里的人对这个词十分痴迷,也许你会觉得难以置信,但这个词比"铁栏"出现得还要频繁。铁栏就在那里,真真正正地存在着,其卑微的身份被充分接纳与理解。但铁栏无法变成别的东西。既不能打开铁栏,也无法关上它。相反,一扇门可以成为许多东西。当门关上时(门通常都是关着的),它是封闭,是禁止,是沉默,是暴怒。当门打开时(不是因为放风、劳作、惩罚而打开——那是另一种形式的关闭——而是向着世界打开),它将意味着重新获得现实、爱人、街道、味道、气味、声音、图像和自由的感觉。

  我们应该记得,资本主义世界关于死亡的陈词滥调中,常出现"最后的住所"这个词。然而,对于一位像路维斯这样的同仁,今天我们将他留在的地方事实上将会是他的倒数第二个住所,因为他的最后的住所永远都将是我们,在我们的爱和回忆之中。那个住所的大门敞开着,窗户开向天空。

  只有这样,我们才能战胜这个无法回归的死亡。我们将会战胜它,因为我们深信,路维斯某天会和我们一起回到故土。他会回到我们的心里、我们的回忆里、我们的生活里。心、回忆和生活将会变得更美好,因为它们将与一位如此诚实忠贞、体面慷慨、单纯真实且属于群众的人一起回归。

## 社会现实的批判者

那些孩子中有多少人曾在拉特哈区、马尔文区或工业区英勇奋战,而如今却在巴黎的圣心堂、佛罗伦萨的老桥或马德里的跳蚤市场,在地摊兜售亲手制作或编织的手工艺品?那些笑容含糊、目光疏离的年轻男孩和女孩中又有多少人没在几个月或几年前亲眼目睹最亲爱的同志被捕?又有多少人没听见过隔壁令人作呕的牢房里传来的撕心裂肺的叫声?假如无法意识到他们的希望全都被活生生地摧毁了,又怎么能够公正地评判这些新悲观主义者、这些早熟的怀疑主义论者?我们又怎能忘记,这些年轻人被迫与周围的环境、家人、朋友和教室分离,他们被剥夺了最基本的人权——像年轻人那样去叛逆、去奋斗的权利?他们只剩下像年轻人那样死去的权利。

在经历五年的冬天后,没人能将春天从我的手中夺走。

春天就像一面镜子,但我的那一面有一个角破了/那是不可避免的,在经历了无比充实的五年后它不可能保持完整/但即便有一个角破了,镜子依然可以用,春天依然有用。

必须得回去,但回去哪个国家,哪个乌拉圭,那里也有一个角破了,但却比完整的镜子更真实地反映现实/必须得回去,但回去哪个春天/无论它此刻是多么地多灾多难,我都想要重新获得我的春天/他们用干枯的树叶、电视里的雪花、满身大汗的圣诞老人、米特廖内的学生、赢得的和未能赢得的世界杯以及欠发展的顾问来埋葬春天,但他们却不知道,在那一层层污秽下面,古老且崭新的春天依然在那里,也许它的一个角破了,但却有麦田和翁布树、被禁的和被许可的探戈、聪明的同志、谢力托舞、工会、羊群、造反、临时法规、草根委员会、难以管制的群众、银河、大学的自治、苦味的马黛茶、公民投票和足球场/必须得回去/理所当然地/破了一个角的乌拉圭会毫不虚荣地展示她的残肢,世界会倾听,会理解,会尊重。

有时候我感到恐惧,为什么要否认这一点/我不得不压制住那恐惧的号叫/不是一个恐惧,而是许多许多个恐惧/蔑视自己的恐惧,宁愿去死的恐惧,害怕失去全世界的恐惧/失去世界,也失去勇气/对堕落的恐惧/有那么多恐惧真是可怕,但更可怕的是不得不压制住内心的号叫。

接着,恐惧过去了,甚至都不敢相信曾与恐惧擦肩而过/在那之后,我能够感到自己是如此地勇敢和冷静/我的转变是如此巨大,甚至可以对他人的恐惧和不得不压制住的内心的号叫产生某种轻蔑感/那个人一旦压制住内心的号叫,就可以战胜那个糟糕的时刻,从而感到勇敢和冷静,甚至可以对他人正在经历的恐惧和正在压制的号叫产生某种轻蔑感,等等等等,周而复始。

出于众所周知的原因,从没有人来探望我/这很糟,但也没有太糟/当有人来探望你时,你会焦虑一整个星期/你努力不犯错误、不受惩罚,但却徒劳/你期待着瞥一眼家人,仿佛那一瞥充满了魔力似的——有时候的确如此/相反,当没有人来探监时,你对任何惩罚都无所谓/你感到自己孤独得可怜,但同时也更自由一些,更不像犯人一些。

## 社会现实的批判者

1973年的春天,乌拉圭独裁统治迫使贝内德蒂背井离乡,开启了一段"遥遥无期"的流亡生活。如果说20世纪五六十年代的贝内德蒂进行的是内在的精神流亡,那么七八十年代便是他外在的政治流亡。贝内德蒂逐渐接受自己流亡的现实,逐渐接受祖国所面临的困境,他在压抑与谴责、激烈与柔情中重建存在的意义。1982年,《破角的春天》出版,贝内德蒂在内敛而平实、深刻又哀愁的文学体验中描绘了流亡下的沉重生活。

小说中作家轻盈戏谑地解答着一个看似无解的难题:灰心丧气的乐观,黯淡失色的希望。小说讲述了一对夫妻的故事:丈夫圣地亚哥在蒙得维的亚的一次军事政变后,被当作政治犯抓捕入狱,每天过着炼狱般的生活。对于狱中的圣地亚哥来说,五年很漫长,能够与妻子和儿女通信是他活下去的唯一指望。他在字里行间述说着对往昔的回忆、监狱生活和未来计划,述说他的一切希望;而在另一边,妻子正携女儿与丈夫的父亲流亡国外,饱受流离之苦。他们倾听着圣地亚哥的信件告白,也时刻回应着圣地亚哥的期待。相比于监禁生活,流亡虽苦却自由,远在异国他乡,父亲拉斐尔正努力适应自己"不认同"的生活,女儿贝阿特丽斯在陌生城市用童真了解邪恶的世界,而妻子格雷西拉却在这自由的世界里越走越远,逐渐爱上了另一个男人——自己的战友,罗朗多……

小说中贝内德蒂采用多视角、多维度的方式记叙,丈夫的监禁与妻子的流亡相互交错,主导着小说的架构,在监禁情节的叙述中,随着信件内容的转变,叙述主体也随之改变;书中那些往复循环的章节,时而是狱中的圣地亚哥的书信,时而是流亡的妻子格雷西拉的对话,时而是年老的父亲拉斐尔的自白,时而又是童真的女儿贝阿特丽斯的想象。

"流亡"是贝内德蒂自身的标签,也是小说的主体:在外部的、政治性的流亡中吐露内心的自省。贝内德蒂借助圣地亚哥一家的命运,通过人物的虚构与重叠,在新的时空里审视过去,辩证遗忘与记忆的可能,在破碎的语言与崩溃的世界进行自我重建。贝内德蒂以流亡者的身份,在当局者与旁观者的角色调换中,严肃又幽默,悲伤又豁然。在乌拉圭政府的独裁统治下,无数人远走他乡,无数家庭分崩离析。在一个动乱的年代,保全生命已是万幸,而在存在的前提下该如何重建对故土的回忆?直面流亡,重拾自我身份认同,接纳他者文化移植,或许这才是作者搭建的通往"新国家"的桥梁。

# 拉丁美洲的良心
## ——爱德华多·加莱亚诺

爱德华多·加莱亚诺(Eduardo Galeano,1940—2015),乌拉圭记者、作家。1940年9月3日出生于乌拉圭首都蒙得维的亚。14岁开始在《太阳》周报发表政治漫画,他曾经当过工人、银行的出纳等,20岁开始在乌拉圭《前进》周报担任记者,从此开始了记者生涯。1971年,31岁的加莱亚诺完成了他最著名的作品《拉丁美洲被切开的血管》的写作。

两年后,乌拉圭发生军事政变,他被捕入狱,后流亡至阿根廷。在阿根廷期间,加莱亚诺主持了一份名为《危机》的文化杂志,最高峰时期,杂志一个月就卖3.5万—4万份,创下当地西班牙语报纸杂志销量的最高纪录。1976年,阿根廷庇隆政府在魏地拉将军的政变中倒台,阿根廷进入军事独裁统治时期,加莱亚诺也长期被阿根廷军事政府列入死亡黑名单。无可奈何之下,他离开了拉丁美洲,远渡重洋,来到西班牙流亡避难。10年后,加莱亚诺才回到祖国,继续投身于新闻和文学事业。

加莱亚诺一生获得了许多知名的文学奖:1975年、1978年凭借《我们的歌》和《爱与战争的日日夜夜》先后两次获得拉丁美洲文学大奖——美洲之家文学奖,1998年获华盛顿大学美洲图书奖。虽然他的名声和造诣并不逊色于马尔克斯、略萨等拉美一流作家,可是他一生没有拿到西方的重要奖项,无论是新闻界的普利策奖,还是文学领域的诺贝尔文学奖,究其原因,也许他与西方中心主义的长期对抗和批判影响了对他的评价。无论是作为记者还是作家,他都没有被所谓的西方中心主义及西方的主流价值观所绑架或洗脑,他为拉丁美洲,甚至是全世界的边缘群体、"无声群体"发出强烈的声音,他也把光鲜亮丽的人类文明发展背后所隐藏的罪恶揭露得体无完肤。①

2008年,加莱亚诺当选为南方共同市场的首位"荣誉公民",拉丁美洲的政要纷纷向他表示祝贺,如时任巴西总统卢拉、阿根廷总统费尔南德斯、智利总统巴切莱特、委内瑞拉总统查韦斯、玻利维亚总统莫拉莱斯等,②可见其在拉美政治界的号召力,而许多拉美的领导人都表示其执政思想受到加莱亚诺的影响。巴拉圭总统卢戈评论道:"加莱亚诺曾经是、现在仍是拉丁美洲的声音。"

2009年第五届美洲国家首脑峰会上,委内瑞拉前总统查韦斯把《拉丁美洲被切开的血管》送给了美国时任总统奥巴马,加莱亚诺也随之被全球媒体聚焦。2015年4月13日,加莱亚诺因癌症去世,享年75岁,乌拉圭举国哀悼。

加莱亚诺被称为"拉丁美洲的声音""拉丁美洲的良心",也被认为是"当代拉美文学界最富有活力的作家之一",他针砭时弊,犀利透彻的文笔、充满良知的写作,为他在全世界赢得了良好的声誉及大量的读者。在中国,也有不少人把加莱亚诺比作鲁迅,因为他们都具有深刻的批判精神,想众人之不敢想,言众

---

① 马立明:《加莱亚诺的"南方视角"西方中心主义的告别》,《深圳社会科学》2018年第2期。
② 栾翔:《乌拉圭作家加莱亚诺获南共市首个"荣誉公民"称号》,新华网,2008年7月5日。

人之不敢言。他们的文字,直击现实的阴暗和民族的灵魂深处,正如鲁迅所说,"真正的勇士敢于直面惨淡的人生,敢于正视淋漓的鲜血",加莱亚诺也是这样一位勇士。

加莱亚诺的创作大致可以分为三个阶段:"愤怒的批判者""真相的讲述者"和"彻底的揭露者"。当他在20世纪70年代发表其最著名的代表作《拉丁美洲被切开的血管》时,加莱亚诺宛如旷野里的一声呐喊,使得整个在寻求自我定位和自身价值的拉丁美洲,对资本主义国家一贯灌输的理念产生怀疑和反抗,而拉美持续长达30年的左翼思潮,也与这部作品有着密不可分的关系。虽然这本书使得加莱亚诺一举成名,但是他并没有停滞其对文学风格的探索和改变。20世纪80年代,加莱亚诺流亡至西班牙的巴塞罗那,远离了自己的祖国,他也更能从一个旁观者的角度来看待问题,一如作家自己所说,流亡教会他新的谦逊和耐心。[1]"流亡向我证明了身份不在于居住地,也不是证件问题:我活在哪里我都是乌拉圭人,就算不让我入境。已经快十一年了,但是我除了掉头发什么都没少:我的团结激情、不竭创作和去爱的冲动、面对不义爆发的愤慨程度都翻倍增加。"[2]此外,借助于丰富的宗主国历史资料,加莱亚诺仿佛有了另外一双眼睛,重新审视拉丁美洲百年的历史,他的创作进入一个成熟期,从一个充满愤怒的呐喊者,开始向一个冷静的思考者转变。

---

[1] 爱德华多·加莱亚诺:《爱与战争的日日夜夜》,汪天艾译,百花文艺出版社2016年版,第356页。
[2] 爱德华多·加莱亚诺:《爱与战争的日日夜夜》,汪天艾译,百花文艺出版社2016年版,第357页。

1980年,《火的记忆》创作完成,这是一部史诗性的、讲述美洲500年历史的著作,标志着加莱亚诺的写作进入成熟期,同时他也找到了自己写作的目的,即"为那些不能读我作品的人写作;为那些底层人,那些几个世纪来排在历史尾巴的人,那些不识字或者没有办法识字的人写作"。①

21世纪以来,花甲之年的加莱亚诺视野更加开阔,不再拘泥于拉丁美洲,而是放眼世界。《时间之嘴》《致未来先生的信》和《镜子:照出你看不见的世界史》等作品中,加莱亚诺质疑全球化,表达了自己对未来的忧虑,讲述着一部弱者的世界史,可以说晚年的加莱亚诺不再仅仅属于拉丁美洲,也属于所有的边缘国家和边缘民族。作者始终以向下的立场,为拉美和其他世界上的无声人群发声。

## 原著片段赏析

### 《拉丁美洲被切开的血管》②

所谓国际分工就是指一些国家专门赢利,而另外一些国家专门遭受损失。地球上我们所居住的这一地区——今日我们称之为拉丁美洲,过早地成熟了,自文艺复兴时期欧洲人越洋过海吞噬这一地区的遥远时代起,拉丁美洲就沦为专门遭受损失的地区。

---

① 转引自马立明:《加莱亚诺的"南方视角"西方中心主义的告别》,《深圳社会科学》2018年第2期。

② 参见爱德华多·加莱亚诺:《拉丁美洲被切开的血管》,王玫等译,南京大学出版社2018年版。

## 拉丁美洲的良心

拉丁美洲是一个血管被切开的地区。自从发现美洲大陆至今,这个地区的一切先是被转化为欧洲资本,而后又转化为美国资本,并在遥远的权力中心积累。

我们的失败总是意味着他人的胜利。我们的财富哺育着帝国和当地首领的繁荣,却总是给我们带来贫困。殖民地和新殖民时期的炼金术使黄金变成废铜烂铁,粮食变成毒药。波托西(Potosí)、萨卡特卡斯(Zacatecas)和黑金城(Ouro Preto)从生产贵金属的光辉顶峰跌入被掏空了的矿井深渊。毁灭是智利硝石矿和亚马孙橡胶林的命运,巴西东北部的甘蔗园、阿根廷的栲树森林和马拉开波湖(Lago de Maracaibo)一些石油村落的命运,都以令人心酸的理由使人相信,自然界赋予的、被帝国主义掠夺走的财富不是终古存在的。滋润着帝国主义权力中心的雨水淹没了该体系广阔的外围,与此同时,我们的统治阶级(受外部统治的国内统治阶级)的舒适安逸就等于诅咒我们广大民众永远要过着牲口般的生活。

17世纪末的一份法国文件使我们了解到,尽管从法律的角度看,宗主国有着十分迷人的景象,但是,那时西班牙只掌握同大洋彼岸"它的"殖民属地进行贸易的5%,全部贸易的近1/3掌握在荷兰人和佛兰德人手中,1/4是属于法国人的,热那亚人控制20%以上,英国人控制10%,德国人控制得少一些。美洲是一宗欧洲的买卖。

血液就这样通过所有这些渠道流走了,今日的发达国家过去就是这样发展起来的，不发达国家也就因此变得更不发达。

小说家卡洛斯·富恩特斯(Carlos Fuentes)从卡兰萨军队中一名上尉的弥留之际提笔写起，再现了上尉的一生。这个名叫阿尔特米奥·克鲁斯的上尉在战争与和平时期靠暴力和奸诈取巧一步步向上爬。他出身卑微，随着岁月的流逝，逐渐把青年时期的理想主义和英雄主义抛置脑后。他掠夺土地，创办了很多企业，当上议员。他做买卖，搞行贿，投机倒把，从事大的冒险活动，血腥镇压印第安人。靠这些手段，他逐步积累起财富、权力和威望以及闪闪发光的经历，迅速爬上社会的顶端。小说主人公的经历，同党的历史相同。这个党由于墨西哥革命时期的严重的软弱无能，实际上垄断了今天国家的政治生活。主人公和党都向上爬了。

有一个时期，石油公司销售的大部分原油是从美国本土开采的，那时油价一直很高。第二次世界大战期间，美国变成石油纯进口国。石油卡特尔于是采取一项新的价格政策，致使石油价格不断下跌。"市场规律"被奇怪地颠倒过来：随着工厂、汽车和发电厂成倍增加，世界的石油需求量在不断增长，可是，石油价格却一再下跌。出现的另外一个悖论是，虽然石油价格在下跌，消费者购买燃料的价格却普遍上涨。原油与石油副产品的价格之间存在着巨大的落差。这一系列荒谬的现象其实完全是理性的产物，人们毋需求助于超自然的力量，便可理解其中道理。如上所述，资本主义世界的石油买卖完全掌握在一家无所不能的石油卡特尔手中。

## 拉丁美洲的良心

拉丁美洲殖民地的情况并非如此，这些殖民地能向欧洲处于上升阶段的资本主义提供其生存所需要的一切，又能从海外进口最精致、最昂贵的产品，充分满足其统治阶级奢侈的消费。在拉丁美洲，唯一能发展的是面向出口的生产。这种情况在以后的世纪里依然如此，即矿业资产阶级或地主阶级的经济和政治利益与发展国内经济的需要从不相符，商人与新大陆之间的联系并未超过同购买其金属和食品或向其出售工业品的外国市场的联系。

据国际金融调查组织的材料，1964年布拉沃河以南的美国银行分行有78家，而到1967年已增至133家。1964年，这些银行的存款额为8.1亿美元，到1967年则为12.7亿美元。随后，在1968年和1969年的两年里，外国银行迅猛发展。目前，第一国民城市银行在拉丁美洲17个国家足足有110家分行。这一数字包括近几年来被城市银行买下的几家全国性银行。洛克菲勒财团的大通曼哈顿银行于1962年买下有34家分行的巴西家庭银行，1964年在秘鲁买下拥有42家分行的大陆银行，1967年买下在哥伦比亚和洪都拉斯有24家分行的大西洋银行，1968年又买下阿根廷商业银行。古巴革命对在古巴的20家美国银行实行国有化，但是美国从沉重打击中恢复过来并渐渐有所发展，仅仅在1968年，就有70多家美国银行新分行在中美洲、加勒比……

目前的一体化进程既与我们的根源无缘，又不能使我们达到自己的目标。玻利瓦尔早已作出精确的预言,他说,美国好像是由上帝指定来以自由的名义在美洲播下贫困的。通用汽车公司和国际商业机器公司(IBM)不可能殷勤到替我们举起在斗争中倒下的团结与解放的旗帜。在今天,当代的背叛者们也不可能去实现昔日被出卖的英雄们的意愿。在重建拉丁美洲的道路上,要扔入海底的腐朽的东西很多。任务只能落在遭劫掠、受凌辱和被诅咒的人身上。拉丁美洲的民族事业首先是社会事业,也就是说,为了使拉丁美洲获得新生,每一个国家必须从推翻统治者开始。起义和变革的时代展现在眼前。有人相信命运在上帝的膝头,但事实上,命运如同激烈的挑战,作用于人们的思想意识之上。

《拉丁美洲被切开的血管》从1971年出版以来,再版84次,被译为30多种文字,在全世界销量突破100万册,可以说是了解拉美历史、政治情况甚至民族思想的经典之作。由于作品记录的历史本身产生的力量,使得《拉丁美洲被切开的血管》成为拉丁美洲60年代的集体记忆。不同于一般的政史类书籍,本书以爱情小说和海盗小说的方式来谈论政治经济,从哥伦布发现新大陆开始,讲述了新旧殖民主义对拉丁美洲的剥削掠夺历史。"每个小章节表面上是相互独立的故事,彼此却又有密切的关联。这种松散的叙事结构,即便读者从书中任何一页开始阅读,也能迅速进入拉丁美洲绵密、永无止境的悲惨时空。"[1]作者如

---

[1] 参见爱德华多·加莱亚诺:《拉丁美洲被切开的血管》,王玫等译,南京大学出版社2018年版。

此解释自己写这本书的目的,"写这本书是为了和人们交谈,是以一个非专业作家面对一个非专业读者的方式,向人们揭示被官方历史掩盖和篡改的历史——战胜者讲述的历史"。① 在批判殖民压迫的同时,加莱亚诺的笔锋也直指拉美当局政府,揭露他们不过是欧美国家的傀儡,不为人民发声,所以在20世纪七八十年代,乌拉圭、阿根廷及智利等右翼军事独裁的国家都把这本"腐蚀青年"的书列为禁书。

本书包括两个部分,第一部分题为"地球的丰饶造成了人类的贫困",讲述了西方旧殖民主义凭借其坚船利炮,对拉丁美洲的金银矿产及各种农作物的掠夺。拉丁美洲享有丰富的自然资源,如加莱亚诺所说,其血管中所流淌的是黄金、白银、蔗糖、可可、咖啡、橡胶、铜铁、石油,加之充足的劳动力,引来了西方欧美国家的垂涎,结果却是造成了百年的贫穷。第二个部分题为"发展是罹难者多于行者的航程",揭露了新殖民主义通过所谓的自由贸易、资本技术扼杀了拉丁美洲民族工业的发展。英、美两国把现代文明的体系带到拉丁美洲,并通过投资技术、国际组织,甚至经济援助,使拉丁美洲处于完全的劣势,遭遇粗暴和不文明的对待,并且要承担长期"输血"的后果,在全球资本主义的体系下,注定处于低下和被动地位,使得这片大陆的发展步履维艰。

---

① 参见爱德华多·加莱亚诺:《拉丁美洲被切开的血管》,王玫等译,南京大学出版社2018年版。

## 《爱与战争的日日夜夜》[①]

机器教导,谁反对它,谁就是国家的敌人。谁检举不公,谁就犯下叛国罪。

独裁是无耻言行的惯例:一台让你变聋变哑的机器,不能听,无力说,看不见所有被禁止观看的东西。

每三十个乌拉圭人里就有一个负责监视、追杀、迫害其他人。除了牢房和警察局,再无其他工作……为什么血腥罪案簿里没列出毒化灵魂的谋杀罪?

香料在市场上组成另一个世界。它们微小,却充满力量,所有肉类——牛肉、鱼肉、猪肉、羊肉——碰上香料都令人兴奋,汁液浓郁。我们都知道如果没有香料,我们都不会生在美洲,我们的餐桌和梦也会缺少魔力。毕竟,推动哥伦布和水手辛巴达前进的正是那些香料。

独自一人吃饭是身体需求。和你吃饭,是一场弥撒,一抹笑意。

1978年出版的《爱与战争的日日夜夜》,曾获拉美文学大奖——美洲之家文学奖。该书写于加莱亚诺的流亡时期,是其

---

[①] 参见爱德华多·加莱亚诺:《爱与战争的日日夜夜》,汪天艾译,百花文艺出版社2016年版。

文学风格开始进入成熟期的奠基之作。作者在阿根廷、厄瓜多尔等不同的拉美国家流亡,也在不同的国家被当局列入黑名单,这颗"拉丁美洲的良心"并不受拉丁美洲统治阶级的欢迎。杂糅着新闻、回忆录、短记等多种体裁,加莱亚诺以一颗破碎的心,一本和自己记忆的对话,讲述着发生在这片多灾多难土地上的暴力、暗杀、背叛及彷徨,记录着整个拉丁美洲的孤独史。但是这些死亡和黑暗,却没有抹杀作者对于正义和自由的追求,也没有减少他对自己祖国和拉丁美洲的热爱,在这些残忍残酷的记载中间,也夹杂着一些关于爱情、美味、希望,以及拉美的美好记忆。书中也记录了作者两次濒临死亡的经历,在《我的第一次死亡》中,加莱亚诺讲述了刚满19岁的自己吞下了足够杀死一匹马的安眠药,这次的自杀经历使得作家把以后剩下的每一天都当作是附赠的礼物,而他也决定用母性加莱亚诺来署名,以此来象征另一个自我的重生。根据《我的第二次的死亡》的回忆,由于被加拉加斯热带蚊虫的叮咬,一个月内得了两次疟疾,医生往加莱亚诺的血管里打了剂量足以治一匹马的奎宁救了他。离开医院的时候,医生给了他一张复活证书。也许,透过所有的痛苦、所有的磨难,作者真正要告诉读者的是,"爱是真正美好的事物,信仰正义是真正美好的事物,自由是真正美好的事物,希望是真正美好的事物,写作是真正美好的事物。他知晓并让我们知晓:真正美好的事物是存在的,是值得希望和争取的"。[1]

---

[1] 爱德华多·加莱亚诺:《爱与战争的日日夜夜》,汪天艾译,百花文艺出版社2016年版,第371页。

## 《火的记忆》①

**创造**

女人和男人梦见造物主正在梦着他们。

造物主一边梦着他们,一边唱着歌,摇着骰子,烟草的烟雾笼罩着他。他感到幸福,但也因为疑虑和神秘而恐慌。

马基里塔勒印第安人知道如果造物主梦见食物,就意味着带来收成,有饭可食。如果造物主梦见生命,就意味着诞生,产生新生命。

**风**

当造物主造出第一个威乌诺克印第安人时,遗留了一些泥土渣子在地上。用这些富余的泥土,格鲁斯卡普塑造了他自己。"你,是从哪里冒出来的?"造物主在高空中惊讶地问道。"我是神奇之作。"格鲁斯卡普说,"没有人造我。"

造物主停在他身边,伸手指向宇宙。

"你看看我的作品,"他不相信,"既然你是神奇之作,那给我展示一下你已经创造的事物吧。"

"我能造出风,如果我愿意的话。"

格鲁斯卡普大大地吹了一口气。

风诞生了,但随即就死亡了。

"我能造出风,"格鲁斯卡普羞愧地承认道,"但我不能够让

---

① 参见爱德华多·加莱亚诺:《火的记忆》,路燕萍译,作家出版社2014年版。

风持久。"于是造物主吹了口气,风势强大,格鲁斯卡普被吹倒了,被携去所有的毛发。

## 玉米

诸神用泥土做了最初的玛雅基切人。他们没存在多久。他们是软的,没有力量,还没走路就软塌了。之后诸神试着用木头做人。木头娃娃能说话能走路,但是非常干瘪,他们没有血肉,没有记忆没有方向。他们不能与诸神说话,或者说与诸神无法对话。

于是,诸神用玉米做了父亲和母亲。用黄色和白色的玉米,揉制了他们的肉。女人和男人看得和诸神一样远,他们的目光延伸到整个世界。诸神朝他们呵了一口气,让他们的眼睛永远雾蒙蒙的,因为他们不希望人类能够看到地平线更远的地方。

### 1562年 火弄错了

修士迭戈·德·兰达把玛雅人的书一本本地扔进火堆里。

印第安人双脚被倒挂着,被打得皮开肉绽后,又被滚烫的蜡油淋了一遍,与此同时,火焰越来越高,书籍烧得噼里啪啦,像在呻吟。

这个夜,8个世纪的玛雅文献变成了灰烬。在这些树皮纸的漫漫长卷上,符号和图案在说话:讲述了一个比基督诞生更早的民族经历的事情、日子、梦想和战争。知道这些事的人用野猪鬃做的毛笔,画下了这些光亮的书,能给人照明的书,为的是他们的子孙后代们不成为瞎子,能够反省,能够看到他们民族的历史;为的是子孙后代们能够认识星体的运动,日食月食的频率,诸神的预言;为的是子孙后代们能够祈求雨水,祈求玉米的好收成。

……

当记忆的小纸房子烧毁后,它会在嘴里找到庇护,颂扬人、神荣耀的嘴唱着一代一代留下来的歌谣;它会在跳舞的身体里找到庇护,身体伴着空树干、龟壳和竹笛发出的节奏跳舞。

**1672年 白人的货物**

现在,公司更名为皇家非洲公司。英国国王拥有最多的股份,他鼓励在殖民地进行奴隶贸易,因为价格是非洲时的六倍。

大鲨鱼们一直跟随在船队的后面到达海岛,等待着从船上扔下来的尸体……

《火的记忆》是加莱亚诺试图记录拉丁美洲漫长历史的三部曲,包括《创世纪》《面具与面孔》《风的世纪》,作者自己在第一部的序言中这样描述三部曲的目的,"或许《火的记忆》能够帮助恢复历史的气息、自由和说话的能力。几个世纪以来,拉丁美洲不仅遭受了黄金与白银、硝石与橡胶、铜与石油的掠夺,而且遭受了记忆的侵占。从一开始她就被那些阻止其存在的人判处失忆"。而加莱亚诺要做的,就是与拉丁美洲这片被人轻视遗忘土地的记忆进行对话,试图还原真实的历史场景。《火的记忆》不是一部文集,也不清楚是不是小说、杂文、史诗、记录文献,抑或编年史，它的体裁难以界定，它更像是一本"马赛克式的书"。三部曲创作于加莱亚诺在西班牙流亡时期，他在宗主国参阅了大量珍贵的历史文献，作为记者的加莱亚诺，以其严谨的新闻人精神，每一个所使用的片段都注明了时间、地点，而每一篇文章后的编号，都可以在附录中找到文献信息。参考书目的种类也涵盖口述文学、书信、官方记录，还有19世纪出版的各种书籍和未出版书稿等，所有这些故事按照时间顺序重新排列，呈现了一部风格独特的历史，亦有人将其定义为加莱亚诺特有的"魔幻新闻主义"。

"女人和男人梦见造物主正在梦着他们"，三部曲的一开始，所讲述的是在拉丁美洲流传或失传的关于世界起源、人类、大自然的传说和哲学，充满着浪漫主义的色彩。而后从标志性的1492年开始，加莱亚诺尝试恢复被殖民者侵占和美化的历史，拯救整个美洲被绑架的记忆，如其在序言中所说，他要同这片被人轻视的、深情的土地对话，分享她的秘密，询问她诞生于何种多样的土壤，询问她源自什么样的性行为和强暴。书中记录了殖民者对原始文明的践踏和摧毁，也看到加莱亚诺想要尝试恢复重现的一个美好的、温柔的民族。而欧洲帝国美其名曰的文明的胜利，实则是一个大陆的痛苦和毁灭，是一种残忍的近乎难以启齿的野蛮。

拉丁美洲，她为西班牙、葡萄牙宗主国贡献了无数的黄金白银，满足了帝国的扩张欲望，成就了帝国的荣耀，甚至给全世界贡献了土豆、咖啡和辣椒，然而这一切给她自己带来的，却是衰败和灭亡。

## 《镜子》[1]

### 第一次被驱逐的经历

正史上说,巴斯科·努涅斯·德·巴尔沃阿是第一个站在巴拿马的一个山头上看到两个大洋的人。原先住在那里的人,都是瞎子吗?

谁最先给玉米、土豆、番茄、巧克力以及美洲大陆的山山水水起了名字的?埃尔南·科尔特斯还是费朗西斯科·皮萨罗?原先住在那里的人,都是哑巴吗?

伊拉克战争缘起改正错误的需要:地理学错误地把西方的石油放在了东方的黄沙地下,但没有哪场战争敢于老老实实承认:

"我杀人是为了抢东西。"

《镜子》延续了加莱亚诺特有的后现代风格,没有主线,短小的故事以碎片化的形式出现。他仍然在写被人遗忘的历史,仍然发出最少却最真实的声音,只是这一次,他的拯救记忆对象不再局限在拉丁美洲,而是扩展到全世界。600多篇小短篇,讲述了从人类诞生到20世纪初的整个世界历史。正如作者本人所说,"这是个疯狂的冒险,突破所有边界,所有时间和空间的边界,从你看不见的人们的角度去重新发现人类历史,去重新发现

---

[1] 参见爱德华多·加莱亚诺:《镜子》,张伟劼译,广西师范大学出版社2012年版。

那道人世间的彩虹,那道被种族主义、男性主义、军国主义、精英主义以及其他各种主义肢解的人类的彩虹"。

值得一提的是,加莱亚诺23岁访问中国并采访末代皇帝溥仪的经历也记录在《镜子》一书中,"一件蓝色制服,纽扣直扣到脖子,破旧的衬衫袖口从制服袖子中探出头来。他在北京植物园修剪树木花草,以此为生"。

## 《时日之子》①

### 2月26日

**我的非洲**

19世纪末,欧洲殖民列强在柏林开会商议瓜分非洲。

对殖民战利品——雨林、河流、山林、土地和地下矿藏的争夺激烈而又持久,甚至于新国界都已划定。

……

没有任何一个非洲人出现在那次峰会上,哪怕只是点缀。

### 6月2日

**印第安人是人**

1537年,教宗保禄三世颁布教谕《伟大的天主》。

……

为了捍卫新世界的土著,教谕规定他们是真正的人,作为真

---

① 参见爱德华多·加莱亚诺:《时日之子》,路燕萍译,作家出版社2015年版。

正的人,他们能够自由合法地使用、拥有和享受他们的自由和财产支配,而不应该受到奴役。

在美洲,没有人知道这个教谕。

## 9月20日
### 女冠军们
……

自1955年到1970年,德国妇女被禁止踢足球。

德国足球协会曾阐明原因:

——"在球类竞技中,女性的优雅丧失,身体和灵魂均受到伤害。身体的展示有辱贞洁。"

## 11月2日
### 亡灵节

在墨西哥,每年的今夜,活人邀请死人们,死人们畅吃畅饮,手舞足蹈,闲聊邻里间的笑话和新鲜事直到天明。

但是夜晚结束时,当钟声和第一道晨曦送别他们时,一些死人变成活人,藏匿在茂密树枝间和教堂墓地里。于是人们轰走他们,你干干脆脆地走吧,让我们安静吧,明年之前我们不想看见你了。

《时日之子》是加莱亚诺生前的最后一部作品,写成于2011年末,以366天年历体的形式,记录了发生在人类历史上大事、小事和不为人知的事。加莱亚诺仍然为少数派发声,非洲人、印第安人、吉普赛人等在历史的某段时期或现在仍旧处于社会底层的"无声"群体,在他的间接讽刺或直白叙述中,现实的残忍和真实也凝聚在精练的文字中,呈现在读者的眼前。然而书中也不乏幽默的小故事,如基督传教士们入侵斯堪的纳维亚,以地狱的永火威胁维京人放弃异端改信基督教,维京人却非常开心可以永远被火烤,因为他们正冷得发抖。也有浪漫的小散文,比如南半球炎热的夏天,公蟋蟀用不会飞翔但会唱歌的翅膀来呼唤母蟋蟀。

加莱亚诺曾说,"写作是危险的",但是他却用一生去做一个"追逐词语的猎手",也是"为此而生"。他相信写作,认为这会成为他死后和别人的相处方式,"这样所有我爱过的人和事不会随我死去"。

# 最年长的塞万提斯奖得主
## ——伊达·维塔莱

伊达·维塔莱(Ida Vitale,1923—),乌拉圭著名女诗人、散文家、翻译家,她与胡安·卡洛斯·奥内蒂同为乌拉圭"四五一代"的代表作家。1923年11月2日,伊达·维塔莱出生于乌拉圭首都蒙得维的亚,维塔莱来自意大利的移民家庭,家族中充满着国际化的文化氛围,每天送到家门口的报纸上常常刊登着一首首诗歌,这些诗歌吸引着伊达·维塔莱,也在她的心中种下了文学的种子。2019年的第16届西班牙语学院协会大会上,维塔莱这样回忆她的童年:"我的童年?我小时候家里有很多书,家人们十分支持我对文学的喜爱,而且我的叔叔还会读书给我听。"

据维塔莱所言,年少时,她曾无法理解被列为课堂必读的智利诺奖女诗人加夫列拉·米斯特拉尔[①]的《山峰》一诗,然而这种懵懵懂懂的感知却在无形中激发了她对语言和文学的兴趣。在伊达·维塔莱成名之前,她是一名热衷于诗歌的大学生,大学期间的伊达·维塔莱积极参与文学活动,她在乌拉圭共和国大学学习文学和人类学,并展现出了对文学和诗歌的浓厚兴趣,参与学校的文学社团并在文学杂志上刊发诗歌散文,发表于《前进》杂志上的作品,受到师生的赞扬。她也经常与导师一起探讨文学和艺术,而对她影响深远的导师,就是1956年诺贝尔文学

---

[①] 加夫列拉·米斯特拉尔(Gabriela Mistral,1889—1957),智利诗人。代表作有《死的十四行诗》《绝望》《柔情》等,1945年获得诺贝尔文学奖,是拉丁美洲第一位获得该奖的诗人。

奖得主西班牙诗人胡安·拉蒙·希门内斯,希门内斯曾推荐维塔莱参加在布宜诺斯艾利斯举办的青年诗人推介会,这段经历为她后来成为备受尊重的诗人和作家奠定了坚实的基础。

后来,伊达·维塔莱先后在乌拉圭蒙得维的亚大学、墨西哥瓜达拉哈拉大学和美国哥伦比亚大学等知名学府担任教师。担任教师期间,她致力于教授文学课程,在诗歌和散文创作方面给予学生指导,深受学生们的尊敬与喜爱。同时,她也与多家杂志合作编辑文稿。

1973年,乌拉圭发生了军事政变,总统胡利奥·玛丽亚·桑吉内蒂被推翻,乌拉圭进入军事独裁统治时期,政府对持不同政见者进行了大规模的迫害和镇压,许多知识分子、艺术家和作家都成为政府迫害的目标。伊达·维塔莱因其政治立场和文学作品而受到了政府的监视和威胁。恰巧在这时,伊达·维塔莱收到墨西哥大使馆邀请前往墨西哥。为了避免被捕或遭受更严重的迫害,1974年,诗人选择前往墨西哥,开始了长达10年的流亡生涯。当时墨西哥是拉美最开放、最自由的国家之一,文艺气息浓厚,汇集了来自西班牙、古巴、智利、乌拉圭等各地的文人学者。在这里,她接触到了奥克塔维奥·帕斯,成为《回归》杂志顾问委员会委员,并参与创办了《一加一》周刊。她在流亡期间所经历的政治迫害和社会动荡,以及对自由和正义的追求,都哺育了她的诗歌和散文。她的写作不仅反映了个人的流亡经历,也表达了对更广泛的社会和政治问题的关注与批判。

1984年,独裁时代结束,伊达·维塔莱与丈夫恩里克·菲耶罗一同返回了乌拉圭,继续她的诗歌创作,她的丈夫成为乌拉圭国家图书馆馆长。1989年,丈夫的工作缘故,他们迁居到了美国的得克萨斯州,2017年,菲耶罗去世一年之后,维塔莱重返故乡。

伊达·维塔莱一生获得过多个荣誉奖项。2009年,她被授予国际诗歌散文奖——奥克塔维奥·帕斯奖,2010年,她被乌拉圭共和国大学授予荣誉博士学位,2014年,维塔莱荣获阿方索·雷耶斯国际奖项,该奖项旨在表彰具有人文主义贡献的作家和作品,2015年获得西班牙语世界享有最高声誉的诗歌奖项索菲亚诗歌奖,2016年又拿下了费德里科·加西亚·洛尔迦奖,2017年获得马克思·雅各布奖,2024年获得年度欧洲诗歌暨文艺荷马奖章。

2018年,95岁高龄的伊达·维塔莱荣获西语文学领域的最高奖项——塞万提斯奖,她是第五位获得该奖项的女性,维塔莱的获奖还打破了自1996年起塞万提斯获奖人为西班牙籍与拉美籍每年交替的不成文规定。评委会称赞维塔莱的诗学是"她的语言","是当前西班牙语诗歌中最杰出、最受认可的作品之一"。她的作品"语言准确,可塑性强,充满讽刺且精湛微妙,充满智慧,深受胡安·拉蒙·希门内斯的影响"。而她本人却以幽默诙谐的语气说自己获得该奖项的秘诀就是"长寿"。在维塔莱获得塞万提斯奖之际,评委会主席卡梅·里埃拉评价道:"维塔莱是一位非凡的诗人。"他还讲述了多年前当维塔莱去往巴塞罗那时,他带着维塔莱去上自己的课,课堂上维塔莱为人亲切、富有幽默感,使得卡梅·里埃拉对她有了深刻印象。

伊达·维塔莱是当代拉丁美洲最伟大的诗人之一,她用漫长的一生去探索诗歌的炼金术,她知道该如何远离虚妄,并像她所敬爱的加斯东·巴舍拉①一样,用噼啪作响的火焰照亮自己。在如今的拉美文坛,她的诗歌一贯风格独特,流露着对诗歌本身的关注和对世界变化的关切,对语言和世界的质疑反思,呈现了诗人的双重批判性。

1949 年,伊达·维塔莱的第一部诗集《记忆之光》出版,她在诗中将"光"与"记忆"这两个飘忽不定的词具象化,犹如用手在空中划出一道道痕迹一般,我们能看到却又无法感知,缥缈又具体。这部作品标志着她文学生涯的开始,也是她对语言和诗歌的初探。

你必须仰望天空/闭上双眼/只触摸你的名字,勉强/从昨日的心中拔下一根羽毛/才能结出快乐的蓝枝。

1953 年,一部体现伊达·维塔莱对语言和意义的深刻思考以及对人类存在和情感探索的杰作《被给予的语言》诞生,7 年后出版的诗集《各人的夜晚》延续了诗人对语言和诗歌形式的实验,同时探讨了生命、时间和个人经验的主题,诗中对词语的反思是拉美诗歌长久的主题。伊达·维塔莱在某一阶段也是如此,不过她并没有试图去书写文字,而是去聆听文字,文字对她来说并不是一种抽象的符号,而更多的是一种声音。

1972 年,伊达·维塔莱出版了诗集《行走的聆听者》,诗人化

---

① 加斯东·巴舍拉(Gaston Bachelard,1884—1962),法国哲学家。其最重要的著作是关于诗学及科学哲学。引入了"认识论障碍"和"认识论断裂"的概念,著有《水与梦》《科学精神的形成》《火的精神分析》等。

身为中世纪吟游诗人,她关注世界并与世界对话,试图将重心放在整个世界上,或是放在整个大自然上。在诗中她也提及,她不仅写给读者,更是写给用心倾听的人,写给那些真正关心世界的人。

1984年,诗集《永恒的梦》在墨西哥出版,伊达·维塔莱在诗中颠倒了诗歌的时间顺序,从眼前的事物到最遥远的过去,好像在回顾走过的路,在遥远的彼方看到的是那条最初走过的路,这部作品穿梭于世界的转瞬即逝与梦境的永恒之间。虽然生命短暂,人生来便注定将要陨落,但梦境是永恒的,诗中的"永恒"就出现在世界无常的夹缝中。"最敏捷的生命/在虎爪之后/留下了/恒定滴下的泪水。"那些看似偶然出现在视线里或耳朵中的短暂闪烁,总是稍纵即逝,总是被人忽略,诗人发现了它,便用文字与之交谈,使其在纸笔之间持续存在。

伊达·维塔莱的作品文字简洁优美,读上去像电报,一个字都不能再少。诗人自己曾说,自己的创作过程就是不断地怀疑、修改、检查,她总是思考应该怎样用更精简的文字来表达情感,并将本应已经逝去的时间重新呈现在读者面前。"在她精微的笔触下,地中海的千年文脉在世界辽远的南方绽放出粉色的、灰色的透明且深邃的晶簇;在她语词炼金术的坩埚里,敏锐的感性穿透力和精准的概念性表达碰撞聚合出无杂质、富音乐、简洁轻盈却意义复杂的具美之魔法的状似悖谬实则统一的独特之境。"[①]尼

---

[①] 选自2024年伊达·维塔莱被授予荷马奖章时的颁奖词。在2015年9月的布鲁塞尔,意欲继承荷马所留下的伟大遗产的世界艺术家们应召创设欧洲诗歌暨文艺荷马奖章,欧洲诗歌暨文艺荷马奖章授予那些在当今世界之文学和视觉艺术领域中的卓越创造者。

古拉斯·戈麦斯·达维拉[①]如此评价维塔莱,"她的话语如同是生活这一伟大文本边缘的注释,甚至是对人类存在的注释"。维塔莱的诗歌,如她自己所言,"逐字逐句地打开荒原,世界最终在那里显现"。

## 原著片段赏析

### 《词语》[②]

观望的词语

自身即神奇

许诺可能的意义

多风的

空中的

被吹拂的

阿里阿德涅词语。

一个小小的错误

就会令它们沦为装饰。

词语无法形容的精确

抹去我们。

---

[①] 尼古拉斯·戈麦斯·达维拉(Nicolás Gómez Dávila,1913—1994),哥伦比亚保守派哲学家和箴言家。他是哥伦比亚最激进的现代性批评家之一。

[②] 参见伊达·维塔莱:《词语》,陈方骐译,乌拉圭驻华使馆微信公众号。

从伊达·维塔莱这首最广为流传的《词语》中,我们能够窥见诗人对待词语、诗歌与生命的态度:词语自身即神奇。诗人将词语比作阿里阿德涅,古希腊神话中象征智慧与热心的女神,在这位女神的帮助下,忒修斯成功打败了迷宫中的怪物并找到回家的路。在生命中的许多时刻,对伊达·维塔莱而言,词语便是阿里阿德涅,许诺给她万千种可能,重燃了她千百种生的希望。然而一个小小的错误便会"令他们沦为装饰",一如维塔莱对待诗歌语言的态度,她一生探寻语言的炼金术,精雕细琢,力求臻于完美。不过在这背后,其实还隐藏着诗人对待生命的态度"词语无法形容的精确/抹去我们",诗人早已看到人归于尘土之后的未来,到那时候,词语、文字、留下的诗歌会代替我们讲述故事。

## 《这个世界》[①]

我只接受这个世界光彩

照人触手可及、变幻莫测、属于我。

我只膜拜它永恒的迷宫,

它安稳的光芒,尽管藏了起来。

不管清醒还是梦中,

我脚踏它肃穆的大地,

是它在我心中的耐性

如花绽放。

---

[①] 参见伊达·维塔莱:《这个世界》,引自《天空的背面》,范童心等译,山东文艺出版社2024年版。

它有一个沉闷的轮回，

也许是炼狱，

我在黑暗中等待

雨水，火焰

挣破锁链。

有时候它的光会改变，

那就是地狱；也有时候，极少的时候，

是天堂。

也许有人

能在虚掩的门之间，

望见彼岸的

承诺与绵延。

我只居于这个世界，

对其怀有期待

充满了惊叹。

我身处其中，

留下来，

直至重生。

## 《蝴蝶》①

空中飘忽不定的，

---

① 参见伊达·维塔莱：《蝴蝶》，引自《天空的背面》，范童心等译，山东文艺出版社 2024 年版。

是诗歌。

同样飘忽的，

是一只飞来的夜蝶，

不美丽，也不灰暗，

即将消失在纸的褶皱中。

轻柔渺茫的语丝渐渐松开，

诗歌与蝶一起消失不见。

它们还会回来吗？

也许，夜晚的某一刻，

我不再想动笔的时候，

某种比那隐秘的蝴蝶

更为灰暗的存在，

会躲开光明

如同命运。

## 《流亡》[①]

他们有时在此处，有时在彼处，抑或，

不在任何地方。

每一条地平线，都有余烬吸引。

可以去往任何一条裂痕，

没有指南针没有声音。

---

① 参见伊达·维塔莱：《流亡》，引自《天空的背面》，范童心等译，山东文艺出版社2024年版。

他们穿越沙漠

烈日或霜冻在燃烧

穿过无边无际的田野

回归真实,

变得坚固,变成草原。


目光像狗一样躺下,

甚至不愿动一动尾巴。

目光躺下或后退,

如果无人归还,

则在空气中雾化

不再回归血脉,

也无法触及追寻的人。

它溶化开来,无比孤单。


## 《财富》[1]

多年来,享受错误

和对它的修正,

能说话,自由行走,

肢体没有残缺,

进不进教堂都可以,

---

[1] 参见伊达·维塔莱:《财富》,引自《天空的背面》,范童心等译,山东文艺出版社2024年版。

## 最年长的塞万提斯奖得主

阅读,听喜欢的音乐,
夜晚跟白天做一样的人。

没有嫁给一桩生意,
无需清点羊群,
不因亲戚的管制,
或合法的体罚受苦,
永远不必再游行,
不再接受那些
往血里
撒铁屑的词语。
自己能在暮光之桥上发现
还有另一个
无法预见的人。
做一个人,一个女人,不多不少。

塞万提斯奖宣布的当天,伊达·维塔莱正在收拾行李,准备去往墨西哥的瓜达拉哈拉领取当年的罗曼语文学奖,到了哈利斯科州首府,她就为国家报朗读了《财富》这首诗歌。她写到了能行走不被束缚的自由,写到了无须嫁给一桩生意的婚姻自由,也许历经世纪的变化之后,在新时代到来之际,诗人用这首诗表达了对新时代女性权利的期许,"自己能在暮光之桥上发现/还有另一个/无法预见的人"中,维塔莱也埋藏着点滴期许,能够见到自由的女性的兴起。做一个人,一个女人,不多不少。

## 《冬天》[1]

如玻璃上的水珠

如滂沱中的雨滴

在一个昏昏欲睡的下午

一模一样

在表面

全部痴狂地

转瞬即逝

受伤,再溶化

那么、那么短暂

不可以因恐惧而退却

惊吓理应在我们身上

了无痕迹

其后,死去的我们,滚动着

完全被遗忘了

## 《余烬》[2]

生命或短或长,一切

我们经历过的都归于

---

[1] 参见伊达·维塔莱:《冬天》,范童心译,北大西语微信公众号。
[2] 参见伊达·维塔莱:《余烬》,引自《天空的背面》,范童心等译,山东文艺出版社 2024 年版。

记忆中的一片灰烬。
往昔的旅途只剩下
几枚神秘的硬币
价值虚无缥缈。
回忆里仅仅升腾出
一片微尘和一丝香气。
也许这就是诗歌吧?

## 《迟缓的障碍》①

如果今天下午的诗
是一枚矿石,
它向着磁铁下坠
在深不见底的庇护中。

如果它是必要的果实
可以抚平某人的饥肠辘辘,
饥饿与诗
准时成熟。

如果它是为翅膀而生的鸟儿,
如果它是鸟儿赖以生存的翅膀,

---

① 参见伊达·维塔莱:《迟缓的障碍》,陈方骐译,乌拉圭驻华使馆微信公众号。

如果附近有一片海洋，
暮色中海鸥的嘶鸣
吐露期待的时光。

如果今天的蕨叶
——不是时光保存在化石中的那些——
能在我的词语下一直青翠；
如果一切都自然而善良……
但不安全的行程，
毫无目的地蔓延。
我们已变成了游牧民族，
迁徙中没有辉煌，
诗句中亦无方向。

继2018年出版《重逢的诗歌》之后，伊达·维塔莱又出版了新作《无解的时间》。这位见证了世纪变迁的伟大诗人的新诗言语流畅，字里行间流淌着诗人历经千帆之后的宝贵精神财富。伊达·维塔莱对生活的赞美、对那些同样饱经风霜的事物的欣赏、对时间和老年来临的感知再加上对逝去亲人的追忆，都在诗集中一一呈现，《迟缓的障碍》以简洁而深刻的语言描绘了时间的流逝和人类对时间的认识，"我们已变成了游牧民族，迁徙中没有辉煌，诗句中亦无方向"。诗中提到"但不安全的行程，毫无目的地蔓延"象征着人类在时间面前的无力和无奈，以及生命中的困惑和挣扎，前路未知无法预料，毫无目的地蔓延向远方。不过比起不安和未知,维塔莱更多表达了对生命的珍惜和对未来的期待,毕竟"它是为翅膀而生的鸟儿,它是鸟儿赖以生存的翅膀"。

## 《天空的背面》[①]

偶然发生的
并非巧合:
虚无的碎片保护自己
不受非存在之害,
在信号与冲动中
穿梭往返。
是与否,退与进
一片片几何的天宇,
在时间中飞行的坐标,
有些什么在发生。
在我们看来苍白的关联,
对无视其他的人则显而易见,
而我们敞开的窗,
从白纱飞扬之处,
被笼进梦里。
只是,所谓偶然,
不过是想象不足。

---

① 参见伊达·维塔莱:《天空的背面》,范童心等译,山东文艺出版社 2024 年版。

伊达·维塔莱用简短的本质主义诗歌,寻找她真正想表达的意义,寻找字里行间蕴含的特征,寻找存在的本质,也寻找不存在的本质。她的语言是西班牙语诗歌的典范,兼具智慧性和通俗性、普遍性和个人性、普世性和深刻性。她的诗歌透明精练,大自然在她的诗句中含蓄蕴藉,展现了人类应该钦佩的真实而独特的美。她将诗歌作为对抗人类弊病的良方,作为将世界与情感联系的桥梁,将社会引向个体根源,探寻生命的本质和意义。

# 多种身份的叛逆者
## ——克里斯蒂娜·佩里·罗西

克里斯蒂娜·佩里·罗西(Cristina Peri Rossi,1941—),乌拉圭当代重要作家,先锋派诗人、小说家,也是唯一与拉丁美洲文学爆炸有关的女性作家,2021年塞万提斯奖得主,是第三位获得该奖项的乌拉圭作家,也是第六位[①]获得该奖项的女性作家。西班牙国王费利佩六世在授奖仪式的致辞中这样评价佩里·罗西,"她为捍卫弱势群体,支持平等、公正、自由和民主而发声,她总是展现出自己的倔强、不屈和反叛"。作为一个流亡者、女权主义者和一个女同性恋者,她作品的主题涉及女性身份、政治、流亡、身份认同、情色等,带有鲜明的反叛精神。

1941年11月12日,佩里·罗西出生在蒙得维的亚的一个意大利移民家庭,是家里的长女。佩里·罗西出生的年代正值第二次世界大战,据作家本人回忆,童年时她家左右两边分别住着一个波兰犹太人鞋匠和一个德国音乐家,母亲告诉她如果在欧洲,他们会杀死对方。此外,街区中还居住着很多流亡的西班牙人,年幼的佩里·罗西隐约感觉到蒙得维的亚以外的世界似乎硝烟四起,也让她从小对战争和流亡就有一些感性的体验。

佩里·罗西在乌拉圭共和国大学学习生物学,但最终获得

---

[①] 另外五位女性作家分别是玛丽亚·桑布拉诺(Maria Zambrano,1988)、杜尔塞·玛丽亚·洛纳兹(Dulce María Loynaz,1992)、安娜·玛丽亚·马图特(Ana María Matute,2010)、埃琳娜·波尼亚托夫斯卡(Elena Poniatowska,2013)和伊达·维塔莱(Ida Vitale,2018)。

了比较文学学位,年轻时就为左翼杂志《前进》撰稿,1963年获得文学教授职务,开始工作后就开始了她的文学创作。1963年,佩里·罗西的短篇小说集《活着》出版,1968年的《废弃的博物馆》和1969年的《表亲之书》,分获乌拉圭重要的文学奖项阿尔卡青年奖和前进图书馆文学奖。

1972年,因乌拉圭独裁统治,佩里·罗西流亡至西班牙巴塞罗那,在杂志上发表反对国内独裁统治的文章,但她的文章也遭到西班牙佛朗哥独裁政权的迫害,后来又通过好友胡里奥·科尔塔萨的帮助流亡到了巴黎。1973—1985年乌拉圭军事独裁统治期间,她的作品被全面禁止。1974年从巴黎流亡归来后,佩里·罗西定居在西班牙,成为西班牙公民,并在巴塞罗那自治大学教授文学,发表了她的大部分作品。20世纪80年代乌拉圭民主制度建立之后,佩里·罗西选择居住在西班牙,即使她表示在那儿也从未感到舒适,但她认为一个作家必须经历些不快,才能写出好东西。佩里·罗西曾这样评价自己的流亡生涯,"曾经,我不得不流亡,逃离乌拉圭的独裁统治,因为我就像卡桑德拉一样宣布并揭露了独裁的来临,换来的惩罚是我所有的书、连带着我的名字都被禁止。我奇迹般地逃生,来到西班牙,当时,在西班牙也有一个残暴的独裁政权正在压迫人们的自由。正如许多流亡中的西班牙人所做的那样,我将抵抗化作文学,我并没有像玛尔塞拉一样避世,而是通过我的书,通过我的生活,努力去做一位女堂吉诃德,惩恶除害,争取自由和正义"。

佩里·罗西作品丰富,共有19部诗歌集、15部短篇小说、7部长篇小说及若干散文集。1984年的《疯人船》是她的代表性作品之一，带有鲜明的先锋派实验小说色彩，主人公埃基斯是一个不合群的人，他旅行到一些故意被模糊的地点，而佩里·罗西利用异化的手法，借助埃基斯的视角对当今世界进行讽刺，包含强烈的女性主义色彩和对男性中心社会的谴责。1991年出版的文集《情色幻想》讨论了女同性恋的各种问题，"新年夜，1989年。她走进丹尼尔的门，那是巴塞罗那一个小而亲密的女同性恋酒吧。在被店主认出后，她小心翼翼地守护着她的生意，仿佛是一个保护的子宫，使顾客免受外界敌意的伤害"。这便是《情色幻想》序幕的开头。文集以自白的形式展开，"我"也从隐喻的壁橱和文字的掩护中走出，通过讲述新年夜的冒险来宣告女同性恋的身份和主体性。1971年，她的第一本诗集《欧嚟》包含了大量的情色描写和女性视角的欲望主题，佩里·罗西认为男人将性表现为权力和统治，而女人的性则是感性的，是独立个体的自由激情，批判了父权制将女性欲望固定化的异性恋规范。2005年出版的《诗合集》，佩里·罗西重申自己的诗歌创作焦点仍旧是女性的革命与性的革命。此外，《沉船的描述》(1975)和《流亡状态》(2003)捍卫了流亡者的权利，正如罗西所说，"流亡既是非常痛苦又是非常丰富的经历，就像爱情一样"。佩里·罗西也通过《爱的孤独者》(1988)和《游戏机》(2009)反思了当代人的孤独和以消费为驱动的社会强加与胁迫。

佩里·罗西获奖无数，曾摘得古根海姆奖(1994)、罗意威基金会国际诗歌奖(2008)、堂吉诃德诗歌奖(2013)、何塞·多诺索伊比利亚美洲文学奖(2019)等国际文学奖。

佩里·罗西向我们展示了身处这个时代的伟大作家的创作

历程和她在多个题材中施展才华的能力,她的作品是不断探索与批评的实践。她从不回避词语的力量,在当代议题的关键性问题上,如女性的现状与性,作出社会承诺。此外,她的作品是连接伊比利亚美洲和西班牙的桥梁,永远提醒着我们20世纪发生过的流亡事件与政治悲剧。①

## 原著赏析

### 《处方》②

我对医生说:"现在
当我写作的时候,我的肩膀疼、
手臂疼、手疼、
手指也疼。有时,
我无法忍受疼痛
只能停止写作。"
医生——男性——
回答我说:"你以后生孩子也得疼。"
然后给我开了片止疼药。

### 《蓝图》③

我们可以要一个孩子,周末的时候带他去动物园,

---

① 摘自2021年塞万提斯文学奖对克里斯蒂娜·佩里·罗西的授奖词。
② 参见克里斯蒂娜·佩里·罗西:《处方》,高晗译,微信公众号"不可能只有蓝"。
③ 参见克里斯蒂娜·佩里·罗西:《蓝图》,方妙红译,微信公众号"磨铁读诗会"。

我们可以在学校门口等他放学,

他会从云的运动中慢慢发现所有的史前史,

我们可以和他度过很多岁月,

但是我不想看到他一到青春期,

一个狗日的法西斯就把他一枪崩掉。

## 《疯人船》[①]

"女人们伤心的时候都做些什么?她们去哪里?她们怎么排解忧愁?公共场所很少为女性而设:她们八成只能坐在家具和洗衣机边,孤独地消化自己的情绪。谁曾见过哪个与他年纪相仿,长得还不错——也就是说,长得不十分特别的女人走进一家紫色灯光、又小又难闻的酒吧,把胳膊撑在塑料吧台上,自然地点一杯啤酒,被酒保自然地接待,而不招来担忧、怀疑或好奇,也不被哪个油嘴滑舌、好管闲事的胖子走近打扰或搭讪?"

佩里·罗西是一位女权主义者,她的诗歌和小说的一个重要主题就是对父权制结构的批判和对女性权利的辩护,通过不同的角色和叙事,呈现女性在社会中相较男性而言面临的更大挑战和压迫,勇敢地展示了存在的困难和矛盾。佩里·罗西在十几岁时就意识到这个社会希望女人可以按着既定的轨道成为"淑女",别人也不在乎她的想法并希望她可以沉默,而佩里·罗

---

[①] 参见克里斯蒂娜·佩里·罗西:《疯人船》,微信公众号"单向街书店"。

西自称为一个越界者,因为对于一个女人来说,写作就是一种越界。

### 《合适的距离》[1]

在爱情和拳击运动中,

所有问题都是距离问题,

如果你靠得太近我会激动,

我会害怕,

我会眩晕说胡话,

我会颤抖。

但是如果你离我很远,

我会悲伤,

失眠,

然后写诗。

胡利奥·科塔萨尔,阿根廷作家,"拉美文学爆炸"四大主将之一,与罗西是多年的挚交,2014年,佩里·罗西出版了回忆录《胡利奥·科塔萨尔与克里斯》,记录了她和科塔萨尔的爱情与友情,2023年中文版也由漓江出版社出版发行。回忆录中发表了科塔萨尔写给罗西的十五首诗,《给克里斯的五首诗》《给克里斯的另五首诗》和《给克里斯的最后五首诗》,"昨晚我梦见你,塞

---

[1] 参见克里斯蒂娜·佩里·罗西:《合适的距离》,方妙红译,微信公众号"磨铁读诗会"。

赫麦特的女祭司,狮首的女神。她在斑岩里赤裸,你光洁的肌肤赤裸"。而这首《合适的距离》,是佩里·罗西在科塔萨尔去世多年后的回赠诗。

### 《蒙得维的亚》[1]

我出生在一座悲伤之城,
充满船只和移民,
一座宇宙之外的城市,
停滞在误解中,
有如海洋般辽阔的大河,
有大草原般荒芜的平原,
天空般灰暗的草原。
我出生在一座悲伤之城,
不在地图上,
远离自然大陆,
超脱于时间,
像一张老照片,
转为棕褐色。
然而,
我依然爱它,
绝望地爱着。

---

[1] 参见克里斯蒂娜·佩里·罗西:《蒙得维的亚》,微信公众号"西语助手"。

## 《蜂房》[1]

你的私处是座蜂房,
那里数千只辛勤耕耘的蜜蜂,
吸吮着我指间沾染的蜜糖。

## 《由此处直至永恒》[2]

在床笫之间发现上帝,
不在法利赛人的神庙中,
也非高耸的清真寺里,
雪白的床单,
你身披爱的裹尸布,
神圣的衣袍,
在神灵护佑下开始升天。
由你的肌肤直至永恒,
由你的小腹直至天界,
在你湿润的洞穴里感受上帝,
在你成群的内脏,
令人眩晕的尖叫声中,
发觉上帝就藏身在床笫之间。

---

[1] 参见克里斯蒂娜·佩里·罗西:《蜂房》,吴小凡译,微信公众号"巴别塔"。
[2] 参见克里斯蒂娜·佩里·罗西:《由此处直至永恒》,吴小凡译,微信公众号"巴别塔"。

汗流浃背献上你的经血，
举起你子宫的圣杯，
猛然间发现上帝其实是个女人，
最后的苦行，
由此处直至永恒。

性与欲望也是佩里·罗西写作中从不避讳的话题，她曾表示，"欲望是存在的动力，活着的方式之一就是要有欲望"。在她的诗歌中，佩里·罗西大胆的女性情色描写及欲望表达，歌颂女人感性的、细腻的情感及身体语言。2004年，佩里·罗西发表诗集《欲望的策略》，毫不掩饰地在欲望、身体的发掘、自爱的浪漫中陶醉。

## 《错爱》[①]

她为他加油打气。她对他说爱他，说她远行来此就是为了找到他，就像科塔萨尔笔下的玛伽；她说如有必要，她已准备好去工作，去偷窃，照顾他，藏匿他，甚至为他去卖身。她唯一想要的，唯一追求的就是永远留在他身边。"我知道我会找到你的，"她肯定地说，"现在我们再也不会分离。"

他感激地望向她。他还没有爱上她，但也觉得拥有确定感、希望和信心是一件很好的事情：这些都是他从来没有过的东

---

① 参见克里斯蒂娜·佩里·罗西：《错爱》，陈方骐译，作家出版社2024年版。

西。在他还很小的时候,父亲抛下母亲和他,再也没有回来,自此他便丧失了确定感、希望和信心。后来,在蒙得维的亚,就在他取走这个少女的童贞之前不久,他刚遭到心上人的背叛,又丧失了一次这些感觉。

他仿佛产生了一种责任感,想要报答她给予自己的爱和确信。这是他父亲从未有过的责任感。当然了,他会和她做那些不会和父亲做的事。不过,责任感难道不也是爱情的组成部分吗?

他们租了一间小小的公寓,勉强够两个人住,反正他们没有行李也没有家具,只有两副身体和一段不愿想起的过去:他的过去。她继续在"药店"商场工作,拿着最低工资,想方设法从英格列斯百货,还有其他大型商超偷来他们需要的东西。她能藏在衣服里的东西。金枪鱼罐头、他能穿的T恤、奶粉、牙膏、长筒袜、书,外加巧克力,很多巧克力,营养丰富,还能抵御寒冷。

乌拉圭的独裁持续了很久,那些年里,她不断跟人(无论乐不乐意听)讲述自己伟大的爱情故事:她是如何爱上他,如何不知道他身在何方却执意横越大洋,如何偶然碰见了他,两人又是如何靠着她在"药店"打工和搞些小偷小摸活下来。人们听着她的讲述,惊讶又佩服:这些听者都是本地人,从没远行过,他们的伴侣都很普通,谁也没为爱情做过什么惊天动地的大事。

他听着她讲,心里有点不舒服:自己在整个故事里扮演的是一个完全被动的角色,好像他做的唯一的事就是任由自己被爱;他不知道是该自豪于勾起了这份爱情——或许别的男人比自己更配得上她,还是该羞愧于讲不出类似的故事。他和她结婚是为了补偿她:他想,自己至少能做到这点。以前,他逃离蒙得维的亚,是因为厌倦了那座平庸的城市,现在,他们住在另一座城市里,有时在他眼里,它也同自己出生的那座城市一样平庸,不过,反正他对任何城市都不再信任了。

有时,他也会出轨,她对他爱得这么绝对,这么无瑕,他却不会负疚,因为别的女人都不过是露水情缘。

又过了十三年,军政府倒台,但是他们没有回乌拉圭。她已经当上音乐制作人,而他在一家出版社找到了工作,负责阅读杂乱无章的手稿。这些稿子本该全扔进垃圾桶,但由于出版系统有悖常理,它们最后都变成了书,有的甚至变成畅销书,可谓世界第十大谜团。

两人一致决定不要孩子,他们都不想繁衍后代,觉得世界太复杂,太动荡,不适合一个孩子的诞生,何况,这孩子也从没表达过想要降生的愿望。

## 《自杀股份有限公司》[1]

这个城市保护自杀者。他们为决心自杀的男人女人建造了专用的高架桥、桥梁和悬崖,保证他们有最高的自杀成功率。首先,他们造了一座巨大的混凝土高架桥。那座高架桥横跨在宽敞、嘈杂的马路之上,足够高,能保证跃入虚空的人一跳毙命。但是很快就出现了两个问题:第一个是,桥下川流不息的车辆

---

[1] 参见克里斯蒂娜·佩里·罗西:《自杀股份有限公司》,方妙红译,微信公众号"便携者俱乐部"。

会让自杀者分心，就在他们要跳的时候，他们可能会被人行道上投射的蓝色灯光吸引，或者突然投入地计算起汽车通过红绿灯的速度，这些小小的干扰会扰乱他们的心智，影响他们的决心。另一个麻烦是从桥下通行的司机们的抗议，因为这些跳桥自杀者的血会把挡风玻璃弄脏，破碎的内脏会溅到挡泥板上，落在地上的尸体残骸会阻碍交通。

但是这个城市的效率很高，为了解决这两个问题，他们制定了一个确切的时间表：自杀者只能在周一、周四和周日使用高架桥——一个星期里最忧郁的几天，仅限下午五点到晚上十二点——一天内最阴沉的几个小时，在上述时段里，桥下禁止通车。混凝土高架桥有一种奇怪的、诱人的忧郁，在死亡时段里显得十分和谐。这是一条长到看不到尽头的灰色带子，悬浮在空中，好像是地狱边界的一部分。城市警察受命驱赶高架桥周围的好事者，为了避免欢呼声、叫好声、掌声或口哨声影响自杀者的心情。但是允许拍照，各处的报刊亭都可以看到这样的明信片——美丽的混凝土高架桥像石头河一样流淌，男人或女人的身影从桥上跃下。他们还在城市里建造了五六座自杀者专用的桥。这些桥的选址不是随意的。他们根据数据统计，将桥建在几代人偏爱的传统自杀地上，虽然这种偏好的原因不总是很明了。数据还显示，男性自杀者多于女性自杀者，冬天的自杀率比夏天高，秋天的自杀率比春天高，下午的自杀率比早上高，而且城市里的某些地方对自杀者有更大的吸引力。比如，必须要在通向城市的高速公路入口建一座桥，因为有些司机有一个习惯——很快变成了一种仪式，就跟很多其他奇怪的行为一样——在快要驶入城市的时候下车,然后在高速公路的边缘尝试最荒谬、最粗心的自杀方式——服用巴比妥类药物、毒药——随之而来的是大堵车。现在,我们的市政府在高速公路入口立了一块牌子,上面写着:"如果您想自杀,请使用您左手边的桥。"稍微转一下头——只需要稍微转一下——痛苦的司机就能在几米远的地方看到一座水泥桥——水泥比铁更好,可以保护自杀者,因为他们的想象力很匮乏。水泥桥在沉默的黑暗中沉睡,像死了一样。

在树上吊死的传统自杀方法已经没人用了,主要原因是城市里已经没有树了,大家也不在自家种树了。所以他们决定建一个小公园,里面的每一棵树都有一条绳子,市政府保证,每根绳子只供个人使用:绳子一旦用过,就会被转交到继承人或者近亲手中,然后会换上另一条。可以说,毫无疑问,在这个城市里,没有人在同一条绳子上吊死过两次。

对于更想在私密的环境下自杀、鄙视公开表演自杀的人,一家国有公司会提供多种不同形态、成分和价格的产品,让那些讨厌做突然的决定,或者讨厌形势急剧变化的人,能享受缓慢的、几乎无痛的自杀。美味的毒糖果、微毒龙虾汤、污染甜香烟、温和致命的私人香水,配备内部漏气保险装置的靓车,跟颠茄完美融合的香槟,还有画着安徒生故事的火柴盒,点燃后会释放出致命的燃料。对于那些无法把性和死亡分开的自杀者,这家国有公司会提供各种豪华产品。有温暖的阴道地毯,里面浸有致命毒药,还可以购买一对巨乳——陶瓷白、金色或黑色,配有一个分泌致命液体的腺体和大娃娃——男女都有,在使用者到达高潮的时候，这些娃娃会把他们精准地掐死。我们高超的制作工艺还可以完美复刻出真人娃娃——只需要一张照片，就能让自杀者在享受中被所爱之人杀死。对于所有性格软弱、缺乏意志和勇气自杀的人，我们的城市随时提供高效、私密的辅助自杀服务，服务团队由退休警察、退休士兵、无业青年和失败的革命者组成。一个电话就可以召唤一个小团队——事实证明一个人不够——他们会出现在软弱的自杀者的家里，让自杀者无需选择死法就可以快速、安全地死去。但还是有人喜欢突然跳窗，或者跳海，这些都是自私的、缺乏教养的自杀方式。行人会唾弃他们，渔民也会。

## 《无法偿还的恩情》[①]

有一次，一个男人帮了我父亲一个忙。他去了一个他不太熟悉的城市，然后迷了路，那个男人给我父亲指了一条正确的路，不仅如此，为了确保我父亲不走错，他还陪我父亲走了一段路。父亲对他的慷慨之举十分感动，每当说起这件事（他经常说，太频繁了），他都止不住地流泪：那是他人生中第一次得到帮助，他下定决心要记一辈子。当他们互相道别的时候，父亲向那个人保证永远不会忘记报答他的恩情。虽然我们当时很穷，我的父亲还是想方设法凑够了钱，买了一盒糖果寄给了他的恩人。没过多久，父亲又给他寄了一张彩票，结果没有中奖。时间

---

[①] 参见克里斯蒂娜·佩里·罗西：《无法偿还的恩情》，方妙红译，微信公众号"磨铁读诗会"。

的流逝并不能让恩情债减少,我苦恼的父亲决定每个月的同一天都给他的恩人寄礼物。就这样,他陆续送了钢笔、装饰年历、水晶虎鹿、陶瓷烟灰缸、指南针、水手帽、珊瑚标本、铜灯、钱包、画板、一本英国思想家的书、几罐茶叶和一个"二战"时期德国士兵使用过的热水袋。为了还清债务,我父亲每天加倍努力地工作,为了表达他的感激之情,更加频繁地送礼:在圣诞节、复活节和圣克里斯托瓦尔节他也会送糖果和钱包。圣克里斯托瓦尔节是他恩人的命名日。我们都将欠下的恩情铭记于心,并尽最大的努力帮助我们可怜的父亲还清他的债务。

恩情是还不完的,一位英国神父和哲学家说:债务难以还清,会成倍增加,再怎么努力工作都无法清偿。每每想起那天的事,我可怜的父亲就泪流满面,每天都给恩人的好心之举增添新的细节,这让他的感激之情愈发汹涌。就这样,我们知道了那个恩人告诉我父亲如何抵达他想去的地点,虽然那时是早上九点(不是散步的时间,因为大家都赶着去上班),虽然天气有点阴冷,大片乌云笼罩着天空。还有,为了帮我父亲指路,那个恩人偏离了他原本的路线好几米,这可能浪费了他美好的一天中神圣的几分钟,可能让他错过了每天要坐去上班的公交车。这还不是全部:恩人还在一张纸上画了路线图,精确地为我的父亲指路。感恩之心令人焦虑,还是那位英国神父和哲学家的话:如果对恩情有丝毫的怀疑,债务就会增加。

那件事过去两年后,我可怜的父亲得了不治之症;医院的四壁让他远离了健康人的世界,深度昏迷让他与活人阴阳相隔。醒过来后,我父亲意识到忘记寄礼物了,于是心中充满了不安和愧疚。在我父亲得到帮助后的两年，他的恩人都无声无息。当我父亲从深度昏迷中苏醒过来时，惊恐地意识到他错过了送礼的日期，他再三催促我们给恩人打电话，以他的名义向恩人道歉。在意识到自己的失误后，我父亲的眼里涌出了泪水。事实上，恩人已经发现礼物突然断送了——他在电话里跟我们说——然后和善地接受了我们的道歉。我们向他保证，无论父亲的身体状况如何，这种失误都不会再发生，他似乎对我们的承诺很满意。父亲得知恩人原谅了他的过错后，大喜过望，当即把他微薄的积蓄凑起来，吩咐我们买一个皮质烟盒，我们连忙寄给了恩人，并附上了一张卡片，父亲在卡片上再次表达了他不变的感激之情。真正的感恩之心是无止境的，深不见底，那位英国神父和哲学家这么说。你越想清偿债务，债务就越多，因为实际得到的帮助和你认为得到的帮助之间呈倍数关系。我的父亲没有定下债务的到期日，他明白试图偿还的债（跟未偿还的债不同）永远还不完，但他豪爽地接受了，因为担心他恩人会认为他是一个忘恩负义之人。

我可怜的父亲临死之前把我们叫到床前，宣布他的遗嘱。事实上，除了一些保存尚好的私人物品（比如他的剃须刷、可换芯圆珠笔、金盖怀表、四双袜子、近视眼镜、玻璃墨水瓶和几张他年轻时的照片）和他的债务，父亲并没有什么可以留给我们的。所以他对我们说："孩子们，你们应该知道，在我生命的最后几年，我一直小心翼翼，不忘记我欠的恩情，不推卸报恩的责任。感恩之情是永恒的：这种热情耗尽了我的生命。我希望你们继续我的使命，并以我的名义继承这笔债务，履行对我来说非常昂贵的责任。"是的，那是笔高昂的债务，从继承父亲遗产的那一刻起，我们就不再接受其他任何帮助。

佩里·罗西的作品充满了20世纪60年代的先锋派特点，并不断地创新和改进。她的文字提出问题，她的写作直言不讳，揭示不公也歌颂激情，她挑战传统的社会规范和思想体系，"我一直在想象，这就是我忍受生活痛苦的方式"。佩里·罗西将她的想象在文字中具象化，借助她的幽默和智慧，用一种未经驯化的方式，表达欲望、恐惧、激情与冲突。

图书在版编目(CIP)数据

镜与灯：乌拉圭文学名家名作赏析 / 王珍娜著.
上海：上海社会科学院出版社，2025. -- ISBN 978-7
-5520-4752-3

Ⅰ. I782.06

中国国家版本馆 CIP 数据核字第 2025FV0894 号

镜与灯：乌拉圭文学名家名作赏析

著　　者：王珍娜
责任编辑：董汉玲
封面设计：杨晨安
出版发行：上海社会科学院出版社
　　　　　上海顺昌路 622 号　邮编 200025
　　　　　电话总机 021 - 63315947　销售热线 021 - 53063735
　　　　　https://cbs.sass.org.cn　E-mail：sassp@sassp.cn
排　　版：南京展望文化发展有限公司
印　　刷：上海龙腾印务有限公司
开　　本：890 毫米×1240 毫米　1/32
印　　张：5.625
插　　页：2
字　　数：122 千
版　　次：2025 年 6 月第 1 版　2025 年 6 月第 1 次印刷

ISBN 978 - 7 - 5520 - 4752 - 3/I・574　　　　定价：58.00 元

版权所有　翻印必究